La casa chica

Mónica Lavín

La casa chica

 Planeta

Esta obra se realizó con el apoyo del Fondo Nacional para la Cultura y las Artes a través del Sistema Nacional de Creadores de Arte.

Investigación histórica: Angélica Vázquez del Mercado
Investigación iconográfica: Luis Arturo Salmerón/Gerardo Díaz
Fotografías en páginas interiores:
  Reproducción autorizada por el Instituto Nacional de Antropología e Historia: pp. 199, 200 arriba, 201 arriba, 203, 204, 205 abajo, 206, 207 arriba, 208 arriba.
  Biblioteca del Congreso, Washington: pp. 201 abajo, 205 arriba y centro, 207 abajo, 208 abajo.
  Das Bundesarchive: p. 200 abajo.
Fotografía de la autora en la solapa: Marina Taibo

Primera edición: septiembre de 2012
ISBN: 978-607-07-1250-0

Impreso en los talleres de Litográfica Ingramex, S.A. de C.V.
Centeno núm. 162, colonia Granjas Esmeralda, México, D.F.
Impreso y hecho en México – *Printed and made in Mexico*

Para Charo y Miguel Ángel, mis padres

No desearás a la mujer de tu prójimo.

EL SÉPTIMO PASAJERO

Kepler 83
Polanco
Ciudad de México

Todo periodista anda en busca de la noticia, de adelantarse, de ser el primero que dé cuenta de algún suceso, que obtenga una entrevista de primera mano, el que esté ahí cuando un soplón raje, un informador indique. Pero lo de Octavio Juárez era una ambición más allá del periodismo, su alma de detective y de fabulador también se ponía en marcha. Y en aquel titular del periódico supuso que su suerte estaba echada: no solo su suerte de periodista sino de escritor de novela policiaca, su género favorito.

Cae el avión de Jorge Pasquel en San Luis Potosí. Mueren todos. No se sabe quién es el séptimo tripulante.

Lo que le esperaba, si quería ser fiel a ese género detectivesco, era tomar decisiones rápidas. Llamar al *Novedades*, propiedad del mismo Pasquel, y ofrecerse para el reportaje. No adelantaría que lo suyo era un olfato de novelista que imagina que en el séptimo pasajero está la clave de un secreto. Que uno más uno son dos. Y que dos pueden contar una historia de negocios clandestinos, de corrupciones no nombradas, de amores furtivos. Octavio Juárez caminó con su piyama de franela a rayas —regalo de su madre los días de Reyes, una iba sustituyendo a la anterior como si todavía fuera un niño— hacia la cocina para hervir agua en un pocillo y prepararse el café. Sin café no era posible pensar. Había que dar los pasos adecuados. Lo pegosteoso del piso de la cocina le recordó que tenía que limpiar o conseguir que la señora de la casa dos le ayudara más de una vez a la semana. Era el único que vivía solo en aquel conjunto de Mitla, le rentaba su tío Felipe; le daba buen precio, todo porque Octavio hacía notas deportivas y le conseguía boletos para el beisbol. El beisbol era el deporte favorito del tío Felipe, que se había criado en Los Ángeles; él mismo había hecho de Octavio un aficionado del Parque Delta. De allí que hubiera tocado puertas en el *Novedades* ofreciéndose a hacer crónica deportiva y mostrando aquella que alababa los buenos oficios de Jorge Pasquel al frente de la Liga Mexicana de Beisbol; fue contratado de inmediato. No es que Octavio jugara, desde niño había sido un fracaso en el deporte: hijo único, esmirriado, de vista corta, con pasión por la poesía y deseo de ser un Manuel Acuña, aquello no lo llevó a la rudeza de la cancha, el campo, el diamante, el cuadrilátero o el ruedo. Pero tío Felipe se encargó de ilustrarlo en lo que sucedía antes de ese glorioso año de 1946, cuando Pasquel trajo al mismísimo Babe Ruth, retirado y a quien nadie hacía caso ya, a dar una exhibición de bateo donde literalmente se voló la barda. Ah, si Octavio hubiera sido ya periodista… pero tenía dieciséis años y ni siquiera sabía que su gusto por la rima lo llevaría al oficio.

Se sentó en la mesa del comedor, donde estaba el teléfono, y después de un trago largo discó el número de la mesa de redacción del periódico.

—Yo cubro lo del accidente —le dijo al jefe. Había aprendido que uno tenía que afirmar y no preguntar. No se trataba de un permiso sino de un deseo. El Cháchara se lo había enseñado en la cantina.

—Vete para San Luis, allá está el fotógrafo.

Octavio colgó, qué razón tenía el Cháchara; poco texto pero mucha labia le habían dado el apodo y el cariño de los reporteros más jóvenes, quienes intercambiaban consejos por copas.

—Yo bebo trago de pobre —se defendía cuando los veía beber los cubalibres y él sorbía su tequila de a poquitos; no podía pagarse más.

Octavio no se bañó, apenas y un poco de agua en la cara y el pelo para domarlo, el traje café, la corbata. En un maletín puso una muda, la brocha y navaja de rasurar y la Yardley que siempre disimulaba los sudores agrios. Salió a pescar el trolebús, debía pasar a la redacción por el dinero para costear el viaje, pero más valía que él se encargara y luego lo pidiera. No había tiempo que perder. Seguro no era el único queriendo averiguar quién era el séptimo pasajero.

LA VIUDA DEL PILOTO

El avión en el que viajaba Jorge Pasquel era un XB-XEH tipo C-60 de su propiedad. Aquel 8 de marzo de 1955 estaba al mando Jacobo Estrada Luna, capitán del Escuadrón 201, un avezado aviador con impecable trayectoria en la guerra y en lo civil. El aparato había sido revisado en atención a las normas de mantenimiento y nada había notado el piloto que le hiciera pensar que era mejor abortar aquel viaje del licenciado Pasquel a la ciudad de San Luis Potosí desde donde iría a su rancho. Pero la nave ya le había dado problemas al general Cárdenas en una gira a Mazatlán, y se dijo que era un modelo viejo. ¿Quién minimizó aquella evidencia?, se preguntó Octavio mientras esperaba la presencia de la viuda.

—Señora Estrada, lamento mucho el deceso de su esposo, un héroe de guerra, estoy haciendo un reportaje que haga justicia con los desaparecidos en el accidente —dijo Octavio sin confesar su verdadero morbo por hacer público algún secreto del veracruzano Pasquel, tan querido por muchos y odiado por otros tantos.

—Mi esposo no es culpable —se defendió dolida, pálida y apenas pudiendo sostener la conversación con ese periodista inoportuno.

—Eso se da por sentado, señora. Con todo respeto, es momento de que la tragedia sirva también para el reconocimiento de quienes han tenido que ver con nuestra historia, como su marido. Comprendo su incomodidad con esta conversación.

Octavio sabía usar las palabras para ablandar a los otros. El gusto por el lenguaje le había dado esa cualidad: no para seducir pero sí para amistarse.

—¿Qué recuerda del día de ayer cuando se despidió de su esposo? ¿Le indicó el propósito del viaje y quiénes iban a bordo? —preparó el terreno Octavio.

—Acompañaba al licenciado Pasquel a menudo, verá, le tenía confianza, y el señor apreciaba mucho sus aviones, mi marido era muy cuidadoso para aterrizar y despegar. Mire nada más, en el otro lado del mundo no le fue a pasar nada y aquí en pleno desierto mexicano se me muere.

Octavio le acercó su pañuelo blanco; la viuda lo tomó sin miramientos. La conversación ocurría en el aeropuerto militar de San Luis Potosí, donde llevarían los cuerpos desde Ciudad Valles, cerca de donde ocurriera el accidente.

—¿Iba alguien de su familia o algún amigo de su marido? Se habla de un pasajero no identificado.

—No, no solía aprovechar así los viajes; ya me hubiera enterado. Mire, deje que los que sepan de ello hagan sus averiguaciones. Si fuera alguien importante, ya se sabría.

La señora Estrada miró hacia la ventana, nerviosa por lo que le esperaba. Los cuerpos. ¿Qué cuerpos habrían de llegar? ¿Hasta cuándo se llaman cuerpos los de los muertos? ¿Cuando se vuelven cadáveres? Octavio se supo insolente. Pero era un periodista con prisa: le ofreció algo de tomar, caminó hasta donde los soldados le dieron un poco de agua fresca. Cuando regresó, la señora Estrada parecía molesta, quién sabe qué había estado pensando. Octavio abrió la conversación:

—Yo en realidad me ocupo de los reportajes deportivos, señora. Pero por respeto al señor Pasquel y por lo que le debo como empleado del periódico he querido cubrir su muerte. Y la del resto de los tripulantes, claro está.

Se sentó en la silla contigua y se acomodó la corbata que ya le estorbaba.

—Tendremos que esperar. No es fácil el rescate en un accidente así.

Pero la señora Pasquel no estaba para consuelos. Desquitó su rabia por la muerte súbita del marido.

—También pudo ser alguna de las novias del señor Pasquel, ya ve que era muy coqueto.

—¿Qué? —preguntó Octavio sorprendido.

—El pasajero no identificado… Pero le estoy diciendo una imprudencia. No crea que mi marido me contaba mucho, solo decía «el señor Pasquel y la señorita» cuando contaba algo.

—¿La señorita? —atendió triunfal Octavio.

—De saber que el señor Pasquel llevaba a una mujer a algunas de sus andanzas, a mí hasta celos me daban de mi marido.

Pero la mujer rompió en sollozos. Octavio aprovechó para disculparse.

—La estoy importunando, debo dejarla tranquila.

—No, por favor, joven; mientras llegan los cuerpos necesito entretenerme. No le deseo que le pase, imagine que mi esposo con su nombre y apellido, que había tomado su café con leche y una concha en la mañana, ahora regresa como cuerpo, un cuerpo nada más. Un cuerpo en un ataúd.

Octavio imaginó el cuerpo del séptimo pasajero. Una mujer hermosa, el pelo empapado en sangre, quién sabe si reconocible. Si se hablaba de Pasquel y María Félix, no suponía que sería cualquier chica. Los peritos y los forenses tarde o temprano identificarían al viajero sin nombre, dirían si era hombre o mujer y cuántos años tenía. A lo mejor al señor Pasquel lo podrían reconocer, entre aquel desastre de cuerpos arrojados, por el tornillo en el hueso: Octavio había escrito la nota de cuando un tigre lo atacó en un safari y para salvarle la pierna lo operaron. Resultó un éxito; ahora era una seña particular.

—Se habla de contrabando —dijo Octavio saliendo de sus cavilaciones, de imaginar que aquella señora tuviera que identificar los restos maltrechos de su marido para dar fe de su muerte.

—Mi marido no hacía contrabando.

—Pero el licenciado Pasquel sí, la aduana en Veracruz le daba todo el poder del mundo.

—Yo creo que el poder se lo daba el presidente Miguel

Alemán. Y ahora, si me permite… —dijo evasiva, sacando un misal de su bolsa.

Había sido torpe. Y seguía sin saber quién viajaba en aquel avión. Más que una historia de faldas como suponía la viuda celosa, podía ser algún negocio ilícito con un funcionario, alguien cuyo nombre no fue anotado por obvias razones; Pasquel no quería que se supiera que iba a bordo. ¿O sería algún periodista al que pensaba tratar muy bien para comprar sus buenos oficios? Los tiempos dorados del beisbol se habían terminado.

Para un periodista el tiempo era el del reloj de arena… Debía apresurarse.

EL MASAJISTA DE LOS AZULES DE VERACRUZ

Qué quiere que le diga, joven, estamos de luto con la muerte del patrón. Él le sacó brillo a este diamante que nunca había refulgido como cuando metió las manitas para traerse a los jugadores negros que no encontraban acomodo en las Grandes Ligas o a las luminarias gringas, fueran pícheres, bateadores o cácheres. Antes ya habíamos tenido extranjeros, cubanos prominentes como Lázaro Salazar, Brujo Rossell; pero después de los cuarenta el señor Pasquel se atrevió a comprar a los jugadores del otro lado. Del gabacho venían a ver qué estaba pasando con el beisbol mexicano y quién era ese señor que ofrecía tanto dinero. Aquí estuvieron Max Lanier, el pícher zurdo de los Cardenales de San Luis, Vernon Stephens y Ray Hayworth de los Cafés de San Luis, el cácher Mickey Owen y el jardinero Rodríguez Olmo de los Dodgers de Brooklyn, Salvatore Maglie y George Hausmann de los Gigantes. Mire, todavía me da la memoria. Porque no hay nada más bonito que las gradas atiborradas, la clientela comiendo los tacos de cochinita y los *hot dogs*, el jefe exaltado entre su panda de amigos o con su hermano Bernardo, el propio presidente Alemán y la señora María Félix cuando la procuraba u otras mujeres muy guapas con las que por aquí se le veía; era simpático pero pendenciero, jarocho tenía que ser. Y no andaba sin sus pistoleros. Una gran pena, joven. Porque aunque el beisbol ya no tenía las glorias de los cuarenta, Pasquel se atrevía a cambiar ochenta trabajadores mexicanos para el campo o para el ferrocarril del otro lado, por dos jugadores para el diamante; así se las daba y pues Alemán qué le iba a decir que no.

Si este accidente hubiera sido en otro tiempo, juraría yo que era un ajuste de cuentas, que ya no lo querían haciendo mella a los magnates de las Grandes Ligas del gabacho y que habían encontrado la manera de que la nave tuviera una avería; con dinero baila el perro y en el beisbol había mucho. Extraño las propinas de entonces. Un día le fui a dar masaje a una querida del señor Pasquel, se había torcido una pierna en no sé qué lides amorosas, pues la tuve que atender en la recámara toda revuelta de un suntuoso hotel y el licenciado se tenía que ir a una junta. Allí me dejó solito con la dama y le arreglé la pierna como pude, que nada tiene que ver con la de un beisbolista; tenía que ser prudente para apaciguar esa pantorrilla trabada y frágil. Así se las gastaba el patrón, conseguía damas, las ajuaraba y ellas se le alaciaban toditas entre su simpatía, su poder y sus atenciones. Lo van a extrañar, como yo a mis propinas. Por eso no, joven, no pienso que ese otro pasajero que iba en el avión fuera del mundo del beisbol, ni alguien con quien iba a transar algo para el diamante. Lo que está claro es que sin Jorge Pasquel, su hermano Bernardo no va a dar el ancho. Eran un buen dúo, pero el fuerte era el mayor. No sé qué va a ser de esto; no dude que no dure mucho. ¿A usted le gusta el beisbol?

Octavio Juárez decidió beberse unas cervezas y comer la botana en La Mundial. Por momentos le pareció que su posibilidad de gloria naufragaba, que nada le indicaba quién era el séptimo, misterioso tripulante, y que por más que hacía para que sus conjeturas se acercaran a la realidad nada lograba. Hasta ese momento se sabía que los que acompañaban a Pasquel eran dos pilotos, un radio operador, un mecánico y el mayordomo. A Octavio le pareció extravagante aquello de viajar con un mayordomo. ¿Sería el que lo vestía? ¿El que atendía a Pasquel y al otro pasajero o pasajera, sirviendo alguna copa? Se bebió la tercera cerveza preocupado porque en lugar de actuar y lanzarse hacia alguna otra fuente de claridad, pensaba en la leyenda que corría en torno al difunto. Decían que se había peleado a golpes con Ernest Hemingway. Octavio supuso que fue en algún safari, sabía que el escritor Hemingway era cazador, boxeador y pescador. Tal vez compartieron la fogata y allí fue donde a Hemingway se le ocurrió el cuento «La vida corta y feliz de Francis Macomber». El accidente de Pasquel le recordaba aquel otro, «Las nieves blancas del Kilimanjaro», donde un hombre herido sabe que le espera la muerte pues la pierna se le gangrena, y los coyotes aúllan y se le acercan. A Octavio le hacían daño las lecturas, le sorprendía que algo ambientado en las colinas verdes de África tal vez había sido imaginado en París, en alguna fiesta donde la mismísima Rita Hayworth era cortejada por el escritor de acción y por el millonario mexicano. Se había propuesto un día dejarse de timideces y entrevistar al dueño del periódico sobre sus amistades con *Papa* Hemingway; no esperaba que se le adelantara su muerte.

Fue Anselmo el que le dio una palmadita en la espalda y lo hizo reaccionar.

—Le voy a decir al *chief* que andas de borracho. Te hacía en San Luis.

—Ya volví —se disculpó y enseguida preguntó—: ¿Pasquel anduvo con la Hayworth?

—Va a ser un reportaje extenso —se burló Anselmo que ya se sentaba con su compañero.

—Se lo debo al beisbol.

Anselmo hizo señas al mesero para que le trajera su acostumbrada Victoria con las tostadas de pata del día.

—Ya sabrás que una actriz checa, una tal Miroslava, anda desaparecida desde el 8 de marzo…

Octavio se sintió ridículo. Por andar pensando cuerpo adentro, no había registrado los rumores. Bien decía el Cháchara que las cantinas ilustran, que son mejores que los ministerios públicos, los pasillos de las redacciones, la tribuna del Congreso. Debía salir corriendo de allí, haber seguido las insinuaciones de la viuda de Estrada. Pasquel viajaba con su amante. Miroslava. Aquella historia recuperaba su cariz policiaco. Se despidió de prisa, tenía que averiguar más sobre Miroslava y qué tenía que ver con Pasquel. Por lo menos no andaba errado pensando en Rita, era una actriz también. Dejó unas monedas sobre la mesa.

—Me dio un retortijón.

Anselmo nada más meneó la cabeza.

—Pinche mentiroso, se te cuecen las habas, dejaras de ser periodista —dijo y apuró su cuba.

UNA COMPAÑERA ACTRIZ

Si quieres que te hable de Miroslava te pido que no pongas mi nombre. En el teatro hay muchas envidias y todo mundo lo que quiere es trabajar. En ese sentido no pienso mal de Miroslava: por qué no le iba a hacer la lucha. Quería ser actriz y ya había estado en algunas películas, y hasta en Hollywood, pero la verdad, cuando la vimos en la filmación de *Ensayo de un crimen*, dirigida por el mismito Buñuel, dejaba mucho que desear. Dirás que es envidia porque ella fue elegida en lugar de Lilia Prado, o de otra, o de mí misma, pero no, ya se rumoraba que Ernesto Alonso, que era su amigo, había intercedido por ella. Que el papá de Miroslava, influyente, socio del Country Club, donde la propia Miros fue reina, pidió ayuda. Su hija, a pesar de su belleza y de tenerlo todo, se deprimía; seguro el papá pensó que el trabajo le ayudaría. Corrían versiones de que se había tratado de suicidar en Estados Unidos, cuando tuvo un novio que mataron en la Segunda Guerra Mundial. Sí, su vida era como de película: alguien tiene que escribirla. Le faltaba fuerza y convencimiento a sus palabras; había aprendido el español, y aunque tenía acento, no se le notaba tanto. Sus padres eran cultos y se esmeraron en que su hija se adaptara a México. Ayer nos reunimos los que trabajamos con Buñuel y ella no apareció. ¿Qué está pasando, que me vienes a preguntar? ¿La mataron? ¿Está secuestrada? Con su hermosura cualquiera piensa que no es fácil convocar a la mala suerte. Todas quisiéramos su pelo rubio ondulado que le enmarca ese rostro blanco, nacarado. Y esa figura acinturada y larga. Pobre muchacha, espero esté bien. Era rara, eso sí. Supe que no la dejaban entrar a España porque la acusaban de espía. De espía, imagínate. Yo creo que el director se entusiasmó con esa historia oscura. Y porque la chica sabía de poesía, recitaba a Lorca, y tenía un halo de misterio, pienso que por venir de tan lejos. Checoslovaquia nos parecía un país de nieve. Ella era una mujer de nieve. A veces hablaba de sus amores con un torero español. A pesar de ese rostro frío, lo cómico se le daba. Y le teníamos envidia, ya te dije, y nos conteníamos, pero hace poco le dimos un laxante para que no llegara al día siguiente y una de las que estábamos como sustitutas quedáramos en el reparto. Pero la verdad no le deseábamos mal. No le digas a nadie lo del laxante. Esa vez Miros llegó al día siguiente aunque se le veía de mal dormir, pero ni así faltaba. Por eso es muy raro que no haya aparecido ayer en la cena. No sé de otros amores. Sí salía con hombres ricos, claro, era muy lucidora. Una pena si le pasó algo. Espero que no haya sido secuela del laxante.

Octavio salió del café deseoso de ver la imagen de Miroslava Stern. Necesitaba saber qué tenía ella que ver con Pasquel y desde cuándo se frecuentaban. Pero lo que más le interesaba era esa acusación de espionaje. ¿Acaso espiaba para la causa republicana que seguía su curso en el exilio español en México? En el periódico ya le tenían el domicilio de Miroslava. Estuvo tentado a pedirle a la secretaria que le averiguara lo que pudiera de aquella acusación de espionaje, pero no debía abrir la boca: en el periódico los compañeros, cuando se trataba de la veracidad veloz, se volvían buitres con grandes orejas, y ya suponía que soltar aquello serviría para que alguien diera con la historia antes que él. Cuando tocó a la puerta de Kepler 83 en Polanco, se sorprendió de la magnificencia de la casa. Vivía bien. ¿Alguien más pagaba la casa? ¿Pasquel? Le abrió la muchacha de la señorita Stern, dijo ser Rosario Nava y estar preocupada porque no había visto a la chica desde el día anterior. Dejó su cuarto cerrado, lo cual no era raro, no le gustaba que descompusieran sus acomodos: sus libros, sus cuadros, las velas que le gustaba encender. Pero ahora sí, realmente estaba nerviosa. Es verdad que salía de trabajo y de viaje, pero normalmente dejaba una nota para que ella supiera y le dejara algo de comida en el refrigerador. Aquel era el segundo día que volvía a hacer el aseo y nada de la señorita. Aunque así era, parrandera. Lo que le preocupaba era que del teatro habían llamado pues no se presentó. Y como ya debía saber el periodista, *¿cómo dijo que se llama, joven?*, ya alguna vez había tenido líos yendo a España. Estuvo detenida y *no sé cómo la soltaron, por algún amigo allá; salió en los periódicos.* Y ya Octavio tomaba una de las fotos enmarcadas sobre la mesilla y se sorprendía con aquella chica glamorosa en vestido largo ceñido a una figura exquisita.

—Es muy guapa la señorita. Y viera qué de pretendientes. Pero ella siempre se encapricha con los más difíciles.

—¿Un señor Pasquel no venía a visitarla? —interrumpió Octavio.

—¿El del beisbol? ¿El que anduvo con María Félix?

Octavio siempre andaba lejos de los chismes, se reprochó no atender las minucias del escándalo que ahora le serían tan provechosas.

—Ese mismo.

—Puede ser, no lo sé. Mire, yo solo le pido que me avise cuando sepa algo de la señorita, ya van dos días que no sabemos de ella. Cuando se entere su papá...

Octavio pidió la foto de aquella mesilla para que se publicara en el periódico. Pensó que una vez confirmado aquello sería sensacional que la guapa actriz apareciera. La señora Rosario se sintió incómoda pero accedió.

—Me promete regresarla, ¿verdad? La señorita me mata si no la halla en su lugar.

Octavio no quiso acongojarla con sus sospechas. Estaba casi seguro de que no habría oportunidad de que Miroslava se molestara.

Miroslava Stern había nacido en Praga en 1926, como lo confirmó Octavio, y sus padres adoptivos, que tenían una buena posición económica, salieron del país después de haber estado en un campo de concentración. La futura actriz fue enviada a colegios de Estados Unidos y estudió teatro en México con Seki Sano, era ambiciosa. Y allí estaba el escándalo cuando no la dejaron entrar a España, la tacharon de espía comunista. El artículo aludía a su amistad con el director Robert Rossen, quien figuró en la lista negra del macartismo; con él había filmado en Hollywood *La fiesta brava*. El director, llevado a la tribuna una y otra vez para que dijese nombres —quiénes eran miembros del Partido Comunista—, en 1953 soltó algunos. ¿Estaría por ello mencionada Miroslava? Tal vez Pasquel, siendo amigo de Miguel Alemán, algo quería sacarle a la rubia checoslovaca. Esa historia complicada le empezaba a entusiasmar más que la identidad del pasajero en la avioneta. Espías, normalmente eran guapas para acercarse a quienes había que exprimirles alguna información. Octavio se concentró en lo que tenía enfrente, en lo que era urgente. Buscaba fotos. En aquellas revistas encontró carteles alusivos a sus películas *Juan Charrasqueado, Bodas trágicas, La posesión*. Buscaba otra foto, algo que le permitiera dar la noticia de lo que ya sospechaba: la identidad del séptimo pasajero. La boca se le secaba entre aquel marasmo polvoso de revistas. Seguía sin poder pedir a nadie que lo ayudara, porque de soltar lo que buscaba, no sería el primero en cubrir la noticia; esa mañana el jefe de redacción le había reclamado el reportaje.

—Ya lo queremos publicar, lo debí haber dejado a usted en los deportes y no darle un asunto que no está a la altura de su experiencia.

Octavio había salido rabioso, era cierto que se estaba tardando, pero es que este no iba a ser un reportaje cualquiera: revelaría una verdad que cualquier lector de Agatha Christie le aplaudiría. No sabía el jefe qué asunto se estaba cocinando bajo sus narices, no sabía el brillo que le daría al periódico del muertito en el que hasta ahora solo se habían publicado elogios y esquelas. Prometió el reportaje para el día siguiente, también había dicho que quería libre acceso al archivo fotográfico del periódico, a la hora que fuera. Le fue concedido a regañadientes.

—Ya me tiene en sus manos, qué le vamos a hacer —repeló el jefe—. Pero si no hay reportaje mañana, olvídese del empleo.

LA MAQUILLISTA

Que no se sepa nada de Miroslava no es ninguna cosa rara. Su vida le pertenece, si no quiere ver a su papá no lo hace, o inventa que se va de fin de semana. No revela con quién, o muchas veces dice que con Ninón Sevilla, la actriz… sí, es su amiga. No sé por qué a ustedes los periodistas les gusta andar metiendo las narices en la vida privada de la gente. ¿Qué con que no haya ido a la reunión con el señor Buñuel? ¿Sabe a cuántas faltaba? Usted anda viendo moros con tranchetes. Y a mí me disgusta que no respeten a Miroslava. ¿Que si salía con alguien? Yo creo que no le incumbe. Estuvo casada con el Bambi, pero no se entendieron, no duró ni un año con él. Cuando la maquillé por primera vez, le gustó cómo se veía. Los pómulos muy resaltados, la cara cuadrada, ese espacio entre ojos y ceja me permiten lucirme. Su rostro es muy diferente al de las mexicanas o españolas que estoy acostumbrada a maquillar. A la señorita Stern le gusta la suavidad con que le aplico polvos y cremas, y yo gozo trabajar con su semblante: su piel blanca admite sombras y tonalidades que pueden hacerla más vieja, más dulce o más sensual. Para quien maquilla, el rostro es como un lienzo, un reto para cada escena, para cada personaje. Como yo soy actriz y maquillista nos entendimos muy bien; tuvimos la dicha de trabajar el año pasado juntas con Pedro Infante. Alguna que otra vez soy su maquillista aun fuera de escena. O me llama y me pide que le recomiende a alguien que la arregle, como si lo necesitara ella que es hermosa: que si para una fiesta, o que si va a ir a la Plaza México. Así pasó cuando conoció a Luis Miguel Dominguín. Estaba alborotadísima, hasta planeó irse, desde el Festival de Cine de Venecia, donde iba representando a México, a Madrid para verlo. «¿Qué me llevo, Fraustita? ¿Cómo le hago para lucir como tú me dejas? Con los ojos brillantes y grandes.» Yo la hacía personaje, pero era lo suficientemente bella y joven para no necesitar de mucha pintura. También cuando estaba deprimida y su padre, Oskar Stern, no lo debía notar, me pedía consejo. Porque sufrió mucho la muerte de su madre hace más de diez años, se vino abajo y pidió perdón por haberse portado tan mal, cuando superó la noticia de que era adoptiva. No le digo ningún secreto, sus padres sabrá Dios, habrán quedado en ese país de donde vino. Y maldita la hora en que supo la verdad. Usted, como periodista, ha de saber que tarde o temprano se descubre todo. Pero sus padres han sido ángeles con ella: su madre hasta que murió, y su padre parece esforzarse por los dos. La consiente, le da lo que quiere. Creo que hasta la echaron un poco a perder. A veces quiere lo mismo de sus pretendientes. Claro que tiene muchos, sobre todo después del matrimonio que resultó pantalla para las mañas de su marido; le caían a montones. ¿El señor Jorge Pasquel, dice? ¿El del avión que se acaba de caer? Era muy simpático, sí, la maquillé hace poco cuando iba a salir con él. Oiga, pero usted parece policía más que periodista. La última vez que la maquillé fue en *Escuela de vagabundos,* ¿la vio? Esa escena en que Pedro Infante la tira a la fuente así de un golpe deliberado se hizo famosa. ¿Y sabe por qué? Porque Miroslava no se lo esperaba: fue una puntada de Pedro. Estaba tan contenta cuando regresó de España; decía que había encontrado al amor de su vida. El torero Luis Miguel Dominguín. Yo le dije: «Cuidado, tiene fama de seductor». Pero a las jóvenes no hay que decirles de esta agua no beberás. Les da más sed.

Octavio volvió a La Mundial para refrescarse antes de seguir entre las fotos. Un tanto a deshoras pidió una cerveza y una torta de milanesa. Alguien había dejado *La Prensa* en una silla. Lo ojeó por no dejar, cuando le saltó la entrevista con el actor cubano César del Campo que avivó sus sospechas: «La vi y hablé con ella el lunes pasado (7 de marzo). Me platicó de sus planes de trabajo, que estaba por salir a San Luis Potosí a hacer unas presentaciones personales». Octavio le dio dos mordidas a la torta y salió a toda prisa. San Luis Potosí, lo que necesitaba. No sería ya el único que lo estaba pensando: esperaba ser el primero que lo publicara. Redactó la cabeza.

> Hay amores que matan. Miroslava Stern falleció
> en el accidente aéreo con Jorge Pasquel.

Esa mañana, contra su costumbre, Octavio Juárez despertó temprano, se preparó el café y se dio cuenta de que aún no quitaba lo pegajoso al piso. Se calzó y salió en bata por los periódicos. Quería solazarse en su triunfo: ser el primero en revelar la noticia. Acomodó las almohadas y se tumbó para disfrutar el descubrimiento. Vio su nota con regocijo y empezó a saborear el asombro del jefe, la manera en que se tragaba sus palabras y en vez le proponía un cambio de sección. *Una nota de corte detectivesco*, diría palmeándole la espalda. *Le invito una copa, señor Juárez.* Pero en cuanto tomó otro de los diarios, su emoción se precipitó. En la foto aparecía Miroslava sobre la cama, la cabellera desparramada, entre las manos una fotografía, a su lado una imagen y un libro abierto.

> La actriz Miroslava Stern se suicida por despecho.
> Se investiga el caso.

Se sintió ridículo y avergonzado. Todavía rumiaba la esperanza de que el despecho amoroso fuera por Pasquel, pero bastó leer la nota para saber que entre sus manos estaba el retrato del torero Luis Miguel Dominguín, recientemente desposado con Lucía Bosé, aquel que en octubre del 54 la había paseado por España y prometido amor y que el 1 de marzo se casaba con aquella italiana, que la imagen era un cuadro del Greco y que el libro estaba abierto en un poema de Federico García Lorca. La actriz le había ganado la partida con una escenografía mucho más dramática que la afirmación que él publicara: que el séptimo cuerpo de los encontrados por Ciudad Valles era el de ella. La checoslovaca mexicana, amante de Jorge Pasquel.

Supo que estaba condenado y no volvió al diario. Al día siguiente leyó que Dolores Camarillo, Fraustita, había puesto su oficio a disposición de la occisa para que no se notaran los estragos de los tres días transcurridos desde su muerte el 9 de marzo hasta su hallazgo, cuando la señora Rosario Nava decidió que estaba muy raro que siguiera cerrada la puerta de la recámara y trepándose por el balcón encontró el cuerpo sin vida de Miroslava Stern y tres cartas de despedida. Ninguna era para Jorge Pasquel. Aún habría que averiguar quién era el séptimo pasajero, pero a Octavio ya no le interesaba. Le pareció casi obsceno haber estado pensando en su gloria mientras alguien casi tan joven como él moría por amor.

LA ESPÍA DE LA PLAZA WASHINGTON

Dinamarca 42, plaza Washington
Colonia Juárez
Ciudad de México

Tócalas. Pasa tu mano por ellas. Así. Acarícialas.

Hilda sabía que tener unas piernas estilizadas y fuertes era un don útil. Que la blancura de su piel, su pelo rubio, su metro setenta y cinco de altura ayudaban. Había sido así en Berlín, en Nueva York, en Los Ángeles; cuanto más en México, donde su tipo no abundaba. Aun cuando Hilda pensaba en sí misma como Katerina, no usaba aquel primer nombre de pila con el que sus padres fundaron las esperanzas de un futuro en un país donde la salvó, lo sabrían después, cada una de las gotas de agua bendita que el padre vació sobre la frente de la criatura.

Así, quítame las medias, despacio. Despréndelas del liguero que las sujeta. Ese liguero color chocolate que me regalaste, deslízalas lentamente para que descubras la otra seda. La de mi piel. Esa no me la regalaste tú, Miguel, esa es mi regalo para ti.

Katerina reconocía que las piernas que natura le había dado sin siquiera esforzarse no bastaban por sí mismas. Ni siquiera su altura, su porte, su cabello ondulado y rubio ni su acento de extranjera fuera de Alemania. Se necesitaba una cabeza para regirlas; para que sirvieran a propósitos personales. A la vida que se quería llevar, que las piernas no la arrastraran a una sin ton ni son. Que las acariciaran los elegidos, aunque ellos pensaran que la elección la hacían ellos. Katerina Matilda así los dejaba creer. Reconocía que el poder les daba cierto aire viril que era mejor no trastocar; el poder de decidir qué mujer querían tener entre sus manos envolviendo su sexo.

Tumbémonos sobre el sillón, Miguel. El sillón que escogimos pensando en que aquí nuestros cuerpos a medio vestir se saciarían de placer. Deja que te quite la corbata, deja de ser secretario de Gobernación de México. Gobierna sobre mi cuerpo. Recorre su paisaje. Galópalo, alísalo, humedécelo. Entíbialo. Tú, mejor que nadie.

Katerina sabía que esa frase era clave. Hacer pensar a cada amante que era el mejor, y que la afirmación venía de una entendida. A Miguel le hacía falta saber, por más mandato que tuviera sobre el país, que en el cuerpo de la alemana reinaba como ninguno. Mejor que el subsecretario de Hacienda, Ramón Beteta, por ejemplo, en cuya casa había conocido a Miguel. En las lides carnales el poder es sutil, no se consigue por la fuerza; es la destreza amatoria la que gana la batalla y Katerina sabía muy bien que no debía decir la verdad. No la había dicho respecto de muchas cosas. Por qué diría lo que nadie podía comprobar: qué manos, qué labios, qué cuerpo, qué embestidas la habían llevado a la gloria por los siglos de los siglos, amén.

Así, Miguelito, recorre con tu lengua mis muslos. Tu lengua caliente, bébeme. Chupa mi sexo germano, mi sexo rubio, mi sexo ario. Chúpate a los alemanes; qué sería de ellos sin el petróleo mexicano. Que se hinquen como yo, mira, Miguel, cómo me hinco, cómo me das de comer tu sexo erguido. Tu sexo macho.

Alemana por nacimiento, mexicana por oportunidad. Por querer jugar a lo grande, por no quedarse como secretaria, como esposa de aquel hombre de origen judío, pretexto para que la hicieran abandonar su país; ni quien extrañara sus *frankfurters* ni sus *pretzels*, ni los inviernos helados ni la arrogancia de Goebbels. La pudo ayudar, o la ayudó, mejor dicho. ¿Qué habría hecho quedándose en Berlín? No se la hubiera chupado a Hitler. En México sí podía estar con el futuro presidente, como se murmuraba del Cachorro Alemán. Después de las alturas, qué podía esperar.

Ándale, Miguel, métete en mí. Hazme tuya, tu odalisca, tu hembra. Dame todo. Así, amor, Goebbels se queda chiquito. Así, así.

Hilda sabía que era momento de exagerar el orgasmo, y de arrojar aquel nombre perturbador. Goebbels. Y repetirlo.

Goebbels. Goebbels. Su sexo blando.

Seguía mintiendo, siempre funcionaba aquello de denostar a los amantes previos. Porque por más que le gustara estar entre los poderosos, donde se barajaban los destinos de países, donde la comida y la bebida eran exquisitas y no faltaba la música, el arte, ese mundo que la asombraba, ella también quería el placer. Y los amantes debían estar a la altura de sus exigencias. Si no lo hacían de manera natural, ella se las arreglaba para entrenarlos, para que conocieran sus apetencias y preferencias, su ritmo; su voracidad, cuando estaba de ánimos.

¿Muy cansado el señor secretario? Pues este país se le va a alebrestar. No le bastan las joyas, ni los paseos ni la buena ropa. Este país necesita transformaciones de fondo.

Había que ser dueña de las palabras. No cualquiera evitaba ser desechada? Katerina sabía equilibrar la intimidad con la ambición del amante en turno. El poder podía caducar. El amante también; ya lo había comprobado. Y cuando el del turno la había satisfecho como deseaba, aunque ella le hiciera pensar que era solo un instrumento de sus caprichos y sus instintos, entonces iba a la recámara por la bata de seda y regresaba con dos vasos en las manos, los hielos tintineando. Gin and tonic para ella, agua de jamaica para él.

Salud, Miguel. Prost.

SER OTRA

Katerina vio cómo el ministro salía del edificio y el auto que lo esperaba en la glorieta Washington arrancaba hacia él. Eran las cuatro de la mañana. Para el secretario de Gobernación era común que las jornadas laborales se extendieran y derivaran en cenas obligadas. ¿Cómo te iba a avisar, Beatriz, que nos iríamos a cenar? Para el secretario siempre había una salida satisfactoria, porque cómo iban a quejarse Beatriz o sus hijos de aquella vida sobrada que tenían y todo gracias a los méritos del Pajarito, como le decían sus amigos de la facultad. Por eso Alemán, seguido por el cuerpo de seguridad, podía hacer a esas horas el recorrido por avenida Reforma, desde Insurgentes hasta las Lomas. Hilda no tenía el menor empacho en aquellas huidas de madrugada. Hasta le eran cómodas, se quedaba a sus anchas. Había probado las mieles de la prosperidad económica en San Luis Misuri con aquel cervecero alemán y sabía lo que era la asfixia doméstica: mucho coche y joyas y *mira, querida, no nos falta nada en esta tierra.* Hilda en el porche de la casa con el sol del verano, los invitados de Von Gontard y las viandas que los meseros repartían, la cocinera negra, la vida de los esclavos disfrazada de uniformes y de libertad a tantos dólares la hora. Tan holgada como nunca había estado ni en la Alemania de Goebbels.

Pero todo era mejor a la asfixia de un hombre aburrido: empequeñecía los espacios. Qué desgracia, pensaba Hilda cuando Miguel se iba, no me basta con los hombres de dinero, el poder los hace interesantes, pero tampoco *es suficiente*. Malicia, inteligencia, un reto a la cabeza. Tenía que dormir un poco. Quién sabe cuándo se aparecería Miguel de nuevo. Era posible que pronto, porque habían hablado de las empresas alemanas en México y cómo era necesario que el país siguiera abasteciendo de petróleo a Alemania. Qué aburrida se podía poner una cena romántica con semejantes precisiones; casi resultaba prosaica. Pero Nicolaus la tenía amenazada: haberla pasado a México por Nuevo Laredo, en esa frontera de río, tenía un costo. «Necesitamos a México con nosotros», indicó. Yo ya tengo a México, pensó Katerina al desmaquillarse y reconocer una huella de las mordidas de Alemán en el cuello; el Cachorro era cándido y fogoso. No cualquier cosa. Tal vez si no se preocupara tanto por ser rico sería más interesante. Los nuevos ricos tenían esa manía de querer asegurar lo que les faltó de niños, de convertir las cajas de jabón que eran sus bancos en la escuela en pupitres de oro. Hilda se puso la crema sobre aquella cara que enrojecía en los calores de la Ciudad de México y que ella se esmeraba en mantener nacarada, pareja, lista para cualquier llamado del cine.

—Soy actriz —le había dicho a Georg Nicolaus.

—Toda actriz necesita comer.

Sí, lo sabía Katerina. Preferiría que fuera de sus méritos y no de la mano de alguien.

—Necesitamos el petróleo mexicano —le insistió Nicolaus—. No es cualquier cosa. Les compramos la mitad de lo que producen.

A Katerina qué le importaban las finanzas de las naciones. No sabía de eso, lo suyo era el cine. Ser otra. Aprenderse el papel. Ella necesitaba el celuloide, que alguien le diera la oportunidad que le quitaron los celos de la señora Goebbels; la que le estaban robando las sospechas de los estadounidenses. Aunque era cierto que había tenido que aprender otro papel, a mandar esos mensajes punteados; esas letras minúsculas que solo los del grupo podían descifrar.

—Miguelito —le había dicho aquella noche, mientras él reposaba en su regazo—. Recomiéndame con algún productor de cine.

—Pero si no pareces mexicana —sonrió el secretario.

—¿Qué no hay papeles para rubias? ¿O para alemanas?

—En tiempos de guerra solo puedes salir de mala.

Estiró una mano para hurgar en el escote del fondo negro que ella nunca se quitaba porque a Miguel le gustaba hacerle el amor medio vestida.

—Verás que hablaré español mejor que tú, *mein liebe.*

—Mejor practica tu alemán, nos va a ser muy útil.

Katerina dejó una rendija abierta en las persianas pues temía quedarse demasiado tiempo dormida; se metió entre las sábanas. Sabía que su relación con el ministro mantendría a Nicolaus tranquilo mientras seguía buscando la oportunidad de volver al cine. En aquellas fiestas a las que acompañaba a Miguel tendría que suceder: era cosa de convencer a Novo, no con sus arrumacos, desde luego. Tal vez de otra manera, acaso susurrándole al oído algún chisme sabroso, y si no, inventándolo: que si Goebbels se ponía sus medias de seda y liguero cuando le hacía el amor.

No le confesaría que a ella la imagen de ese hombre fuerte con el sexo enhiesto entre las tiras elásticas la excitaba: era demasiado perturbadora. Y si lo hubiera contado, Goebbels se encargaría de negarlo y la furia de su mujer la arruinaría, la acusarían de haberse pasado al otro lado.

«Cuida tu alemán», le había dicho Nicolaus la última vez que hablaron.

También se refería al hombre que la visitaba con frecuencia, que pagaba la renta, sus gastos, que la ajuaraba y gozaba de su intimidad.

Para ello, Katerina necesitaba dominar el español.

LA MALINCHE DE ALEMÁN

Fue Salvador Novo quien mencionó a la Malinche, de la cual Hilda no sabía nada. Que si fue mujer de Cortés, que si princesa maya, que si esclava entre los tabascos, que si regalo para los enviados de Quetzalcóatl. Hilda se interesó en aquella india e indagó algunas cosas; por eso en la casa de Miguelito en Acapulco le dio por hablar de ella.

—Déjate de tonterías —le decía Miguel mientras pasaba un hielo por su espalda desnuda.

—Es la primera mujer de la historia de México.

—Eso me tiene sin cuidado —le aventó una toalla—. Vamos a velear a Puerto Marqués. Ya verás cómo está quedando aquello.

Mientras se ponía las sandalias y el vestido de playa sobre el traje de baño, seguía hablando.

—Mira, Miguel, si lo piensas bien, juntó América con Europa. Ella es la semilla.

—Mejor te pones la mascada y salimos de prisa. Te me estás poniendo muy filosófica. Culpa de esas reuniones,

¿verdad? —acusó refiriéndose a las clases que tomaba en la universidad con Edmundo O'Gorman.

—Culpa de que no me consigues ninguna película aún. Mira, yo he actuado de condesa, secretaria, mucama… puedo con cualquier papel.

Miguel le abrió la puerta del Packard y manejó por la vereda de tierra hacia el embarcadero de Acapulco. No era lo mismo ver una bahía desde la cima que desde el mar. No se arrepentiría, insistía a Hilda, que aludía a los mareos que le producían los barcos; de sobra lo había comprobado en el transatlántico que la trajo de Alemania.

Hilda pensó que tendría que leer sobre aquel personaje al que unos llamaban Marina en castellano, y otros con un nombre náhuatl que ella no podía pronunciar; a duras penas podía con el español. En la clase a la que se metió de oyente, por practicar el idioma, el profesor leyó un texto sobre la Malinche. Hilda quedó embelesada. La primera traductora de México, insistió el hombre. Algo en ella se había exaltado: aprendiendo español podía traducir a Miguel lo que los alemanes querían; le permitiría ser una Malinche, una aliada de Cortés, de su Cortés, aquel veracruzano alto y moreno que gobernaba las relaciones internas de ese país donde ella era Hilda, era actriz, y nadie sabía que un mandato del gobierno alemán le permitía estar allí.

—Gracias, Cortés —le dijo a Miguel cuando este le extendió la mano para que se subiera al velero en Icacos.

—Qué rebuscada, mi reina —dijo Miguel—. Nada más faltaba que no fuera cortés con esta belleza germana.

Hilda rio:

—Me refiero a Hernán Cortés.

—Ahora sí que me desconcertaste. ¿Y qué, tú eres mi Malinche?

Aprender un idioma se le da bien a una actriz. Está acostumbrada a escuchar intenciones y acentos, la música del habla, las inflexiones. Hilda había dado grandes pasos. Sabía que cada lección la acercaba a su sueño de ser parte del cine mexicano y no le quedaba otra para cumplir con su misión y quedarse en aquel país de luz.

Después de esa tarde de ardiente sol en el velero desde el que contemplaron la bahía circular e íntima de Puerto Marqués, Hilda se lo dijo:

—Un funcionario alemán quiere hablar contigo.

Miguel la vio desconcertado, como si aquella mujer que se bronceaba desnuda en la cubierta del velero, sin importar que estuviera con ellos un mozo, y la que le soltaba aquella oración no fueran la misma.

—¿Y estarás para que yo pueda entenderlo?

Hilda sonrió. Si aún no había papel en el cine que pudiera ser para ella, el de Malinche se lo estaba dando la vida, y eso era más excitante que escuchar a Goebbels hablar de arte y ostentar su cercanía con el *Führer*. Aquello era ser parte de la historia como la amante de un hombre poderoso y no quedar arrinconada en el olvido.

—Qué remedio —concluyó Miguel dispuesto a complacerla y entendiendo que era conveniente para los negocios de México.

Por eso cuando Miguel no llegó aquella tarde en que Nicolaus lo esperaba, sintió el golpe de la traición. No se imaginaba que el secretario había sido advertido. No sabía que fueron aquellos hombres que creyó haber descubierto en la mesa de al lado del Flamingos en Acapulco los que aceitaron el fuego. Dejaron un simple recado en un papel, pero no en la oficina sino en su casa. «Señora Alemán, cuide las compañías femeninas de su esposo.

Nos pueden meter en problemas». Eso lo supo una semana después, cuando Miguel abrió la puerta del departamento con la llave que como dueño y señor tenía. De una bofetada la tiró sobre el sillón y amenazó:

—Vas a ver, pinche puta. Ahora sí te me abres de piernas para que vea cuál es tu calaña.

LA SUERTE ECHADA

Todos puteaban de diferentes maneras. Eso le explicó Hilda a Miguel, aquietando su violencia.

—No es para tanto, amor. Y así no le hablas tú a las mujeres. Nunca lo has hecho.

Lo llamó hacia sí, hacia su cuerpo, con su alemán susurrado, incomprensible para el veracruzano que se fue recomponiendo. Si Hilda no supiera que Miguel no bebía, hubiera pensado que estaba borracho. Muy borracho; con la corbata ladeada y el pelo lacio cayendo sobre la frente, se veía descompuesto. Irreconocible. Lo suyo no era ofender sino disfrutar a las hembras, que a Beatriz nadie la podía lastimar, eso estaba claro. No tenía por qué llegar una nota a su casa sobre otra mujer y sobre algo tan delicado. Estaba loca. Loca. Cómo se le ocurría mandar semejante nota.

Fue cuando Hilda se dio cuenta de que alguien la había descubierto, y casi pensó afortunado que Miguel creyera que era ella quien había enviado la nota. Entonces fingió celos:

—Esto claramente demuestra que hay otra mujer que me quiere quitar a mí del camino.

—Tú bien sabes que mi vida siempre será al lado de Beatriz y que no tolero que nadie descomponga su tranquilidad ni la de mis hijos.

—¿A quién más estás viendo que se atreve a lastimar tu casa? Yo solo quiero hacer cine, amor. Esos son los papeles que me gustan: Leni Müller, Hilda Brandt, Marguerite, Frau Gisela, Nanette. No la cazadora de fortunas, no la desbaratahogares. Sería incapaz de traicionarte así —exageró deliberadamente.

Cierta turbación en el semblante de Miguel la hizo dudar de la existencia de otra. Le gustaban las mujeres, más de una había sido pretendida por él, ya le habían dicho que era ojo alegre. No iba a tener ella la exclusividad. Debía fingir enojo, cuando lo que sentía era alivio porque no diera importancia a lo que ella sí veía: la observaban, alguien sabía que ella concertó una cita entre Nicolaus y Alemán. Alguien mandó esa nota.

Conforme Miguel iba convirtiendo su furia en caricias, Hilda intentaba ocultar el temor estrenado. Era vigilada. No solo podía perder a Miguel, sino el país, la vida. Ella, a quien le había sido dado estar cerca del poderoso, tenía que ser astuta. Qué importaba si él tenía otra amante, su vida valía más. Como la Malinche y Cortés, estaba para tenerlo contento, para ponerlo del lado del *Führer*, porque el presidente Ávila Camacho no estaba a favor del nacionalsocialismo ni Miguel, aunque estuviera a favor de los inversionistas, de los negocios. Cuida y protege nuestro dinero, santa Katerina, esconde tu pasado. No te atrevas a comparar la situación: las esposas que se encelan. En tu país fue la mujer de Goebbels, incómoda por tu presencia, quien desató la animadversión por tu persona, pero Goebbels no era un mandilón: te protegió, te dio el pitazo, «sal de Alemania antes de que vayas a un campo de concentración, porque sabemos que tuviste marido judío». De alguna manera ella tenía que pagar la condena de ser una alemana entre la devoción de un nazi y el matrimonio breve y ríspido con un hombre de origen hebreo. Todo por culpa de una esposa celosa. La escena se repetía.

—Y ya no me gustan tus amigos alemanes. Empezamos a padecerlos —espetó Miguel desprendiéndose del cuerpo de Hilda.

—Tú y tus amigos se han repartido ranchos como el de Polanco o el de Los Pirules, tú y tus amigos, ya me lo has explicado, firmaron con la sangre de la fraternidad estudiantil un pacto. Todos se ayudarían: Ramos Millán, Casas Alemán, Lombardo Toledano. Por qué crees que yo no voy a ser amiga de mis amigos los alemanes. Con ellos me entiendo.

La Malinche no había estado más con los suyos cuando fue tomada como esclava por el señor de Tabasco. Pero Hilda no era una esclava, podía hacer ciertas elecciones. Aunque estaba en México y era amante del secretario de Gobernación, tenía vínculos con los suyos. El idioma era una patria, y en esa patria estaba cómoda; podía pensar y dialogar a sus anchas. Sabía que la invitaban a sus reuniones y fiestas, como una más de la familia, porque les era conveniente su cercanía con el gobierno mexicano.

Consiguió apaciguar a Miguel aquella noche, pero ya no estaba segura de por cuánto tiempo. Salía de casa confusa, mirando a todos lados, sobre todo aquella tarde de tertulia con sus amigos en el Centro.

Mientras caminaba por Madero rumbo al Majestic rumiaba su ira. Su posición empezaba a ser incómoda. No sabía cómo interpretar ese papel, cerca de los intereses de los alemanes del Führer, cerca de la piel del Cachorro, de su Cachorro, como le decía a veces a Miguel exaltando la pronunciación de esas erres, y fiel a sus propias miras. La pantalla. Si filmaran la vida de la Malinche, ella quisiera ser la protagonista. Con todo y sus facciones y estatura germánicas, con todo y sus ojos claros y su pronunciación defectuosa del español. ¿No habría sido así la de Marina cuando hablaba castellano? ¿Cómo sonaría su habla entre el maya natal y el náhuatl inducido? Ser otra, pero no la que los otros le endilgaban, sino la que ella quería. Cambiar con cada cinta, con cada proyecto. Ser mala, buena, rubia o castaña. Fuerte o desvalida. Cínica o apasionada. Pero no la que empezaba a ser a los ojos de los demás. La Malinche vivió entre españoles y mexicas, pensó Hilda preocupada mientras tomaba el ascensor hacia la terraza del hotel. Entre mexicanos y alemanes, se le ocurrió al tiempo que caminaba hacia las mesas de la terraza donde el grupo que se reunía cada miércoles a comer ya la esperaba.

Cuando se sentó, después de postergar el tema con frases triviales y corteses, alguien le preguntó si había habido problemas recientemente. Hilda fingió, pero ya los rumores corrían, la acusaban de espía. De ser parte de la Quinta Columna. Y eso, dijeron, no les convenía; preferirían no verla hasta que las aguas se hubieran asentado, concluyeron con una helada amabilidad. Le suplicaban que no acudiera más a las comidas de los miércoles. Que los vieran con ella los incriminaba. No eran tiempos de mostrar preferencias; se libraba una guerra. Por último, advirtieron que de tener noticias sobre la buena voluntad del Gobierno para su quehacer se los hiciera saber. Por conducto de Max, explicaron, de la forma acostumbrada, insistieron. Sabía que se referían así a Nicolaus. No había visto el periódico ese día y menos el que Ingrid Müller le blandía frente a la cara, *La Prensa*. Ni siquiera pudo ordenar la comida. Sintió que le quitaban la ciudad bajo sus pies, que aquel techo se derrumbaba a ras del Zócalo, que pasaba el auto oscuro de Miguel y la arrollaba, que ni la Malinche enlodada en aquella Tenochtitlan guerrera y mestiza la podía rescatar.

Echó a andar de regreso por Madero y tomó el taxi en San Juan de Letrán. Tenía un hueco de impotencia en el estómago. ¿Por qué ahora y no con las evidencias de la presencia alemana en marzo de 1941? No se explicaba cómo aquella explosión del barco inglés en Tampico, el *Forresbank*, no había sido denunciada, si claramente fue obra de alemanes. Entonces ella leyó y destruyó a las veinticuatro horas, como era obligado, el recuento de Max. La manera en que remaron en la oscuridad por el río y ya cerca del sitio donde estaba atracado el *Forresbank* nadaron parapetados por la balsa de hule. Desde el agua aceitosa podían ver el cañón del barco mercante artillado y a parte de la tripulación, pero la negrura de la noche y del agua los protegieron. Después amarraron la bomba a la hélice sumergida. Regresaron aligerados a la orilla donde los esperaba Schelebrugge dormido en el auto. No escucharon la explosión ni vieron las llamaradas rojas, el humo negro, porque estalló cinco días después como había sido programado. No en vano Max era experto en explosivos, para los cuales podía usar como base una barra de chocolate y algunos químicos de farmacia. La misión fue un éxito y a pesar de la magnitud del hecho nadie andaba cazando alemanes; por lo menos ella no lo advirtió. Entonces México no tenía claro su papel en la guerra, unos estaban con Alemania. Muchos.

—Parece que la conocen —dijo el chofer.

Por el retrovisor vio un coche negro con dos hombres de gesto adusto, cara pálida y angulosa, que la hicieron ponerse en guardia. El taxi dobló por Chapultepec en el Salto del Agua. Hilda no quiso darse la vuelta para enfrentar el rostro de sus perseguidores. Sin duda eran los mismos que habían desatado el escándalo doméstico y que ahora confirmaban, al verla salir de aquella comida del Majestic, que tenía estrecha relación con los alemanes. No lo negaría, pero tampoco admitiría que lo hacía por fervor a los nazis, sino como una más de sus formas de sobrevivir. Esa era su destreza: había que vivir de algo lo mejor posible. El Cachorro la desecharía, suspiró preocupada, y con ello la relación con los productores de cine mexicano se iría por la borda. Miguel, que tanto hablaba de lo que había que hacer con el cine mexicano en ese país que debía dar el salto a la modernidad, a ser rico, visto por el resto del mundo, dejaría de apoyarla. Le era difícil creerlo de sí misma, pero le había tomado cariño; era un hombre sonriente. Los del retrovisor ya ni siquiera intentaron disimular que iban tras ella. Sus caras parecían recriminatorias.

—No me gustan los líos, señorita —dijo el chofer.

—Descuide. No es nada —mintió.

—Parecen extranjeros... como usted —se defendió desconfiado.

Hilda sonrió a manera de disculpa.

¿Sabrían algo de Max?, se inquietó. Ya había dado su dirección al taxista y no estaba segura de que fuera lo más conveniente. Avanzaban por la calle de Dinamarca cuando no se le ocurrió mejor cosa que pedir que la dejara frente a los helados Chiandoni en lugar de frente a su casa.

—¿Está segura? —se apiadó el taxista cuando verificó que el auto oscuro seguía atrás de ellos y aminoraba su velocidad al entrar a la glorieta.

Hilda pagó de prisa y fingiendo que no notaba la presencia de los del carro oscuro entró a la cafetería. Esta vez no dudó en acercarse al grupo de gitanos que solía tomar café allí: el moreno alto y con patillas la interceptó como si protegiera a su tribu.

—Vengo a que me lean la mano —dijo mirando hacia la gitana de pelo ensortijado que ya se lo había propuesto otras veces.

El moreno advirtió la entrada de los hombres de traje oscuro que se dirigieron a la barra. Sin decir palabra la escoltó hacia la mesa del fondo, donde la gitana se acercaba ya para atender su trabajo. Los hombres de traje miraron con el rabillo del ojo la escena donde Hilda quedó parapetada por la banda; ella extendió su mano hacia la de la mujer, que indicó que tenía que ser la izquierda.

—Te va a salir caro —le murmuró por lo bajo.

Hilda asintió.

EL LAVAOJOS

En aquel mes de febrero, Hilda creyó que por fin se había zafado de la instigadora vigilancia del par de agentes estadounidenses. México había definido su postura contra el Eje, lo cual no había disuelto el trabajo de los alemanes en el país, por el contrario, lo intensificó pues los intereses de todos estaban en peligro. A lo mejor el propio Manuel Ávila Camacho había autorizado la presencia del FBI, para que detectara a quienes apoyaban al gobierno de Hitler en el interior. Por eso Hilda pensó que era necesario citarse con Georg Nicolaus, Max, de quien ella dependía. De alguna manera quería resolver su futuro inmediato, decirle que ya no estaba dispuesta a seguir colaborando, sobre todo ahora que sus amigos alemanes, los empresarios de Agfa, Siemens, Zeiss y los cafetaleros del Soconusco que tenían casas en la Ciudad de México le habían retirado el saludo. ¿Qué caso tenía seguir en posición tan amenazante? ¿Cuánto tiempo le iba a seguir debiendo a Goebbels su debut en el cine, su salida de Alemania? Lo que le urgía era ser parte del cine mexicano, y Miguelito ya le había presentado a Gabriel Soria, que estaba por filmar *Casa de mujeres*; la rubia le venía bien. Hilda veía una luz en el camino, y aunque sus citas con Miguel eran menos frecuentes, seguían ocurriendo. Era un caballero, no la había desprotegido. Y desde luego, frente a Beatriz desmintió todo. «¿Cómo puedes imaginar que me guste una extranjera que no entiende nuestras costumbres? De tonto me iba a meter con una alemana en estos tiempos». Beatriz se fue convenciendo que las habilidades políticas de su marido no lo colocarían en el centro de un lío insalvable. Todo esto lo contaba él, aliviado de haber resuelto la desazón familiar.

—La familia es primero, reina, aunque tú no lo entiendas tal vez. Aquí nos morimos cuidándonos las espaldas. Sangre, amistad, todo es la misma red que para mí no se puede disolver.

Hilda sabía de la infancia penosa de Miguel, del padre siempre tomando las armas en la Revolución, yendo de un lado a otro; él, encargándose de la familia hasta la muerte innecesaria de su padre el general, que por más que recibía indicaciones de que escapara allá en los Tuxtlas, se dejó morir como un valiente. Insensato, decía Miguel, pero valiente. Alemán era todo menos insensato, pensaba Hilda. Y era encantador, afirmaba Beatriz en las entrevistas, temerosa de los alcances de su carismática sonrisa, de su gentileza con las mujeres. «No prendas la luz, Miguel, no quiero que me veas», se protegía su esposa. Miguel no sabía qué escondía, si el gesto de sacrificio o el de placer cuando hacían el amor. Eso le platicaba a Hilda cuando le insistía: «No apagues la luz. Solo cierra las persianas, que no sabemos ya si los espías son otros», se reía.

Ya era hora de salir de aquella esclavitud. Por eso tenía urgencia de hablar con Nicolaus, pedirle que la liberara. Que dejara su carrera fluir, que no metiera en líos al secretario pues la podían echar del país. Aseguraría silencio, aunque también sabía que una vez dentro de la organización no era fácil ser relevado así nomás, con secretos y códigos, con una libreta de nombres interesantes. Pero si sus encantos funcionaron con el propio Goebbels, por qué no iba a ablandar a Georg. Fue la llamada de Miguel la que encendió la mecha de la decisión.

—Gabriel Soria te quiere ver.

—¿Cuándo? —preguntó Hilda.

—Cuando yo le diga.

—Esta semana —respondió Hilda, buscando un tiempo para resolver los lazos con su país.

—Mañana. Las cosas se hacen en caliente.

Por eso pidió una cita inmediata al doctor Weber, aludiendo a una picazón en los ojos. Reforma 27, el edificio Lanac, donde vivía la amiguita de Georg. Con suerte y se topaba con él, pero si no, esa era la manera de localizarlo. El médico dijo que la veía estupenda, que seguramente era algo pasajero y bastaba con que se lavara los ojos con manzanilla. Le mostró un lavaojos de vidrio que podría conseguir en cualquier farmacia. Entonces Hilda aprovechó para dar cuenta de su propósito.

—¿Y si le pedimos uno a nuestro amigo Max?

El doctor Weber se lavó las manos despacio, como si estuviera elaborando una cautelosa respuesta.

—Buena idea. Pero tendrá que dejarle sus saludos, para que esté seguro de que el lavaojos es para usted —sonrió falsamente como si siguiera el parlamento de una película.

Hilda anotó en el papel que le acercó el doctor: «La Cucaracha, 1 p.m. Mañana».

—Veo que domina la escritura del español. —El doctor Weber subrayó la pertinencia de no haberlo escrito en alemán.

Antes de que Hilda saliera del despacho, el oculista le pidió que aguardara en el baño: habían tocado el timbre. Desde allí, ella escuchó los pasos de la persona que entraba en el consultorio. Oyó la puerta cerrarse, y un momento después un toquido en la suya. Sabía que era la indicación para salir. Ya en la puerta, Weber le dijo:

—Lo siento, era la señora Reinhardt y sé que últimamente usted resulta inconveniente para mis clientes alemanes. Yo no pienso lo mismo, camarada.

El doctor la llamó por la tarde de aquel día.

—Max le dará personalmente el lavaojos.

Hilda respiró tranquila porque la noche siguiente, cuando Miguel pasara por ella en el Packard de color crudo, todo estaría arreglado para su debut en el rodaje de una película mexicana. Su corazón rebosó de alegría. Pensó en el momento en que la Malinche y Cortés entraban juntos a Tenochtitlan: Marina abandonaba su condición de esclava para ser dueña y señora, y vengarse del poder de los mexicas bajo la estrategia guerrera de Cortés. Así caminaría por la casa del director, cierta de que con Miguel a su lado, con Miguel asegurando el dinero para la filmación, ella podía ser dueña y señora de la pantalla.

Nada más entrar a La Cucaracha, se quitó los lentes oscuros y buscó en todas direcciones la presencia de Georg. En vez de ello, se topó con los dos hombres de caras afiladas y sombreros oscuros que de inmediato se pusieron de pie y la interceptaron.

—*You better not take your gloves off.*

Mientras salían frente a las miradas confundidas de los clientes que notaron la manera agresiva con que era empujada hacia la puerta, Hilda los interpeló.

—Se van a arrepentir. No saben con quién se meten.

—*You bet* —contestó el más delgado, que ya la asía con fuerza del brazo para meterla al auto que los esperaba.

Cuando Hilda entró dos días después a su departamento, la luz de la sala estaba encendida y Miguel, con una Coca-Cola fría en la mano, la llamó.

—Me tenías preocupado, ondina del Rin —sonrió a la par que le tendía *La Prensa*.

Con el rostro demacrado y el pelo descompuesto, Hilda tomó aquel ejemplar.

—Menos mal que te describen bien. Porque no tengo malos gustos: «...uno de los principales miembros del gabinete es amigo de una de las más peligrosas espías alemanas, con la que se le ha visto en varios lugares y la cual ha sido buscada y vigilada por la policía americana que tiene en su poder amplios informes sobre las actividades de esta bella mujer de cara ingenua, mirada atrayente y no pocos recursos femeninos». ¿Qué tal si me das muestras de esos recursos? —dijo jalándola hacia sí.

Pero Hilda no estaba de humor, venía de un interrogatorio exhaustivo, de dos días de reclusión, sin dormir casi, comiendo muy poco; asustada, intimidada porque sabían que Max era Georg Nicolaus, y antes de que llegara ella al restaurante, él había sido detenido. Miguel sacó de uno de los bolsillos un lavaojos.

—Lo vas a tener que usar para ver lo más claramente posible.

—Quiero bañarme, Miguel. No fue nada agradable.

Hilda arrastró los pies hasta el cuarto de baño, abrió el grifo para llenar la tina y después de desnudarse se metió al agua. Al rato, Miguel la alcanzó con una copa de vino blanco que le extendió mientras él se sentaba en el escusado y la contemplaba.

—Estás de muy buen humor —reclamó Hilda. No quería revivir nada, sobre todo sus temores de ser deportada a Estados Unidos.

—El productor Soria está aun de mejor humor después de que lo dejamos plantado —le recordó dolorosamente. Siguió leyendo en voz alta el diario—: «Entonces ¿cómo es que no queremos creer que una hermosa mujer haya tendido el arco de sus atractivos hacia el corazón supersensible de uno de nuestros más tropicales secretarios de Estado, le haya disparado la flecha de una muda invitación, y lo haya apresado como pececillo en su red?» Parece que algo me saben, ondina del Rin. Por eso será mejor que te vayas a Guadalajara un tiempo. Yo veré por tu hospedaje.

Bajo el agua tibia, Hilda se quebró, no podía pensar en el cine en ese momento, el contrato se le escurría de las puntas de los dedos. Dio un trago al vino, necesitaba que resbalara su destino incierto.

Habían pedido su deportación. La oss, la Oficina de Servicios Estratégicos de Estados Unidos, la incriminaba por espionaje que había favorecido la salida de materias primas a Alemania por el puerto de Coatzacoalcos y por proporcionar información sobre material de guerra del vecino del norte, pero Alemán intercedió. No hubo o se dijo que no había pruebas que la inculparan. De esto no se enteró Hilda hasta pasado aquel tortuoso mes de marzo. Para Semana Santa ya pudo salir de la capital tapatía y aceptar fiestas e invitaciones. Miguel le insistió en que acudiera a la fiesta de la hacienda de San Carlos Borromeo de su amigo Nacho de la Torre en Cocoyoc; necesitaba socializar de nuevo.

Hilda se colocó el sombrero cuando bajó del auto en que llegó al festejo, sospechaba que Miguelito reanudaría sus encuentros amorosos. Lo había extrañado; era simpático, era preciso, era ambicioso. Y la protegía. ¿Qué más podía pedir? Tal vez le faltaban lecturas, saber de teatro, entender quién era Fausto o Hamlet, interesarse como ella en personajes como la Malinche. Pero quién podía pedir todo a un hombre. Hilda aceptó la Margarita que le acercaron conforme atravesaba el jardín que conducía a la terraza techada frente a la alberca. Las bugambilias reventaban en morados y ocres, la luz era elocuente, los hombres con sus panamás, las mujeres enguantadas de blanco, los vestidos de piqué o de seda estampada, las faldas entubadas; un piano a lo lejos tocaba una música que aún no alcanzaba a descifrar. El anfitrión llegó hasta ella.

—Hilda, querida, qué gusto verte. Bienvenida. Luces espléndida, *darling.*

Se tomó de la mano del dandy mexicano, de aquel junior de la aristocracia porfirista, Nacho de la Torre, que se movía como un pez rico en agua destilada.

—¿Aún no llega Miguel?

—Ni llegará, *my dear,* pero me hizo el encargo de que te atendiera y que permanecieras en casa cuanto quieras. Ya sabes, como decimos aquí, «mi casa es tu casa».

Hilda lo miró consternada. Nacho sabía cuál era la relación entre ellos.

—*Don't worry.* Tiene que despejar suspicacias en el Gobierno, sobre todo ahora que estamos en guerra. Tú tranquila. Me dijo Miguel que te gusta la historia de México. —Conduciéndola al salón del fondo, a la par que le presentaba a los De la Vega, a Tony Márquez, a la Chata Iduarte, que creía reconocer a María Félix y Jorge Pasquel al fondo, y a otras parejas, mujeres, hombres, bien ataviados, que la escrutaban con la mirada, abrió las puertas de golpe; una colección de figuras prehispánicas la sorprendió—: ¿Qué dices? ¿Te quedas unos días?

Meses después, cuando Hilda salía de los Estudios Churubusco, aquella gitana que había tomado su mano en el café Chiandoni la interceptó. El pelo rizado y los ojos verdes achinados, la falda de volantes y los tacones permitieron que la reconociera. Le jaló el brazo, demandante.

—Suélteme —le dijo Hilda sacudiéndose la mano. Unos pasos se acercaron, confirmándole que no iba sola; el moreno alto con patillas estaba atento.

—Me debes algo —dijo la mujer.

Hilda salía de una de las sesiones de grabación. En aquel verano del 42 era parte del elenco de *Casa de mujeres*. Una especie de mareo hizo que se recargara en el muro de los estudios. El rostro de los agentes, el auto negro, ella atada a una silla, aquellos toquecitos eléctricos en las plantas de los pies, el golpe invisible en la cara con el puño envuelto en una toalla. El dolor del cuerpo, el ron que entraba por la boca mientras el hombre le cerraba la nariz, la blusa desabotonada. El hombre amenazando con dar toques a sus pezones. Los nombres. Goebbels y quién más. Dietrich y quién más. Moebius. ¿Y Alemán qué? ¿Quién te la mete más rico, Goebbels o Alemán? ¿O quieres probar la nuestra? Uno por atrás, el otro por delante. ¿Qué negocios hace Alemán con el *Führer*? Ándale, *blondie*, querías ser actriz, pues actúa como que te gusta que te demos los dos, como que el placer te afloja la lengua y sueltas nombres, cifras, próxima reunión. Ándale, puta. «Me tengo que bañar, Miguel. Ahora no.» Eso había dicho al volver, antes de meterse a la tina. Ninguna explicación más; aquella vejación la almacenó muy en el fondo. Estaba claro que no la podía borrar.

Le debía dinero a la gitana, porque aquel día del Chiandoni no la atraparon; pudo avisar a Miguel que los agentes estaban tras ella. Metió la mano a la bolsa, quería que desaparecieran lo antes posible. Deseaba ahuyentar los recuerdos atroces. Ni las caricias de Miguel borraron el agravio; la poca frecuencia de las de Nacho era un alivio. Extendió un billete de cien pesos, pero la gitana señaló el anillo con el brillante.

—No, este no —Hilda se tapó la mano.

—Tu marido te puede dar otro —dijo la gitana—. Te va a dar otro. Y ya ves que yo digo la verdad.

Hilda, renuente, lo desprendió de su dedo; se lo había dado Nacho antes de casarse y era una joya espectacular. ¿Cómo le explicaría que ya no lo tenía? Que para borrar ese trato desmesurado, esas especulaciones injustas, esas sospechas que derivaban de conjeturas aisladas y no de una verdad total, para acabar con Goebbels que la condenó a estar en la mira había sacrificado aquel brillante de catorce kilates, el que garantizaba su estatus de señora de De la Torre y le quitaba sombra a la silla presidencial que buscaba Miguel Alemán. El Cachorro fue el que dispuso de su destino después de aquella fiesta en Cocoyoc: «¿Y si te casas con Nacho?» Hilda supuso que tenía otra amante y aceptó, como Marina accedió a que Cortés la casara con Juan Jaramillo. No quería quedar desprotegida.

La gitana cerró el puño con la piedra resplandeciente y los dos echaron a andar hacia la otra acera hasta perderse de la vista de Hilda. Ella se quedó un rato allí antes de subir al auto donde el chofer la esperaba para llevarla al Bellinghausen: comería con Nacho y Salvador Novo. Era verdad, la gitana había acertado en aquella lectura de la mano forzada por las circunstancias. Aseguró que antes de acabar aquel año tendría marido y sería actriz. También dijo que debería alejarse de su vida actual, porque había sombras insalvables. Sería Hilda Krüger, la actriz alemana en México, y estudiaría historia y escribiría un libro. Dijo que la lucha terminaría, y que ella algún día volvería a su país. La gitana insistió en que una mujer del pasado le hablaría al oído para que contara su historia: una mujer de muchas lenguas y varios hombres, una mujer que intervino en el destino de un país. La Malinche, pensó de pronto Hilda, y sonrió. Le predijo que se volvería a casar con un extranjero, un hombre de azúcar. Pensó en que debió de contarle todo aquello a Miguel en su momento, pero no creía que el futuro estuviera en las líneas de una mano; debió haberlo animado para que la gitana le dijera su futuro. ¿Sería el presidente de este país? Hilda dejó su mano desanillada caer sobre la falda. Casada, actriz, rica, de todos modos algo faltaba a esa vida acostumbrada a estar en medio de los secretos. Pero al respecto la gitana no había dicho nada.

EL REBOZO MAGENTA

129 MacDougal Street
The Village, Manhattan
Nueva York

Frida caminaba por la cubierta del barco hacia el costado que a esa hora de la mañana recibía el sol. Iba envuelta en el rebozo de lana que le regaló su hermana Cristina; tan querida, tan traicionera y tan lejos. Tantos meses de estar fuera de México. Buscaba el calor del sol todas las mañanas de la travesía hacia Nueva York: el sol mexicano que pegaba en los escalones de piedra volcánica en el patio trasero de la casa; el que entraba por las cristaleras del doble estudio en San Ángel; el que se desparramaba en los cactus, el que encendía las bugambilias. Caminaba con el cuaderno en la mano y los pasteles y el lápiz en la bolsa de satín bordado que le colgaba de la cintura. Había desayunado mal. Estaba harta de esos *croissants* y *café au lait* tan parisinos y alabados por otros. «Te gustará», le dijo Diego antes de que partiera para la muestra que prometió Breton; «París es todavía una fiesta», le insistió cuando supo que la invitaban a exponer. La encargó muchísimo con sus amigos del mismo modo en que lo hizo en Nueva York, como si fuera una cría. Esa mañana no pudo más con el desayuno habitual del barco desde que zarpó en El Havre.

—¿No me puede dar unos huevos rancheros? —le había dicho insolente al muchacho de la tripulación, un español, por cierto, quien le explicó que todos los huevos que llevaban en aquel barco eran de rancho, especialmente producidos para la línea de navegación.

—No me entiende —se enfureció Frida y picoteó el cuernito tibio con el tenedor—. Fritos, sobre una tortilla, y bañados en salsa roja picante. Estoy harta de estos desayunos de marquesa muerta de hambre.

Ni el joven ni quienes los rodeaban en el salón comedor entendieron su ira, su grosería y por qué se ponía de pie en un arranque de impaciencia. Faltaban dos días para llegar a Nueva York, menos mal; lejos aún de los huevos rancheros pero cerca de Nickolas.

La niña venía por el lado opuesto, llevaba un abrigo rojo y miraba a Frida con los ojos muy abiertos. No pretendía hacerse a un lado para esquivarla; su madre iba varios metros atrás y charlaba distraída con otra señora. Sabía lo que quería: cuando estuvo frente a Frida, tomó una orilla de su falda y la levantó.

—¿Qué haces, niña? —dijo Frida dando un manotazo.

Pero la chiquilla miraba intrigada lo que había debajo de esos volantes color vino.

—Que dejes mi falda, criatura. ¿Qué no te han educado? Cómo se te ocurre.

La madre ya se acercaba ofuscada.

—*Leave her alone. I am sorry* —se dirigió a Frida, quien no hizo el menor esfuerzo por contestar en inglés, y aún irritada por aquella intromisión.

—Si su hija quiere ver si estoy coja, esas no son maneras. *No manners* —intentó hacerse entender.

La madre habló entonces en español.

—Disculpe, es una niña.

Entonces Frida se percató que la cría tendría unos seis

años y ya se enredaba llorosa en la falda de su madre.

—Quiso ver su disfraz.

—Este no es un disfraz —dijo Frida indignada y siguió de largo hacia las sillas, que de no apurarse estarían ocupadas—. Ignorantes —masculló por lo bajo.

Si algo le gustaba de la travesía y de estar lejos de las caminatas en París, donde Jacqueline Breton fue paciente para esperar a que ella se sentara, descansara y pudiera echar a andar de nuevo, era que tenía tiempo para dibujar. Aquella mañana parecía haberse despertado con el pie izquierdo, pensó sin poder disimular la ironía. Su pie llagado le daba lata de tanto en tanto. Se lo contaría a Muray: *Estoy harta de los cuernitos, estoy harta de la pretensión de los viajeros y de los niños sin escrúpulos que levantan las faldas para ver si uno es real o de mentiras… y también de las heridas del pie. Pero tú sabes, mi querido Nickolas, cuán real soy, tú mejor que nadie. Aunque tus fotos me hagan más alta, más suave, más elegante y engañen. Yo soy real. Tan real como los besos que me das. Tan real como tu cuerpo sobre el mío, tan real como el cuello en el que descansa tu cabeza que adoro, por su sonrisa, por su porte, por su bondad, por quererme.*

Se sentó sobre los cojines que colocaban desde muy temprano y que permitían que aquel asiento mullido se entibiara pronto. En el respaldo estaba la cobija que extendió sobre las piernas, con la humedad daban más lata de la acostumbrada, y colocó la vista sobre ese océano gris azul, el Atlántico huraño que no tenía ganas de dibujar esa mañana. En vez de ello y sin proponérselo, esbozó a la niña con el abrigo rojo levantando un trozo de su falda. Así le ocurría, necesitaba exorcizar los malestares con humor: en una versión se pintó a sí misma con patas de gallina, en otra con una pata de palo, en una más con patines y luego con aletas. ¿Qué quería encontrar la criatura? No le escribiría a Nickolas pues llegaría a su lado antes que sus propias cartas. A París habían llegado sus deseos de verla de nuevo, de que Frida se quedara un tiempo más en Nueva York. Nick conocía la nostalgia de Frida después de tantos meses fuera de México: extrañaba la comida, el sol, extrañaba San Ángel, pero fundamentalmente extrañaba al pintor. *Tendrás que convencerme*, había escrito Frida provocadora. Cerró el cuaderno y dejó que el sol le diera en la cara. De verdad le gustaría que Nickolas fuera capaz de retenerla; de quitarle la ausencia de Diego, la ira con Diego, la dependencia de Diego. «¡Lo odio!», gritó de pronto, y no supo a quién se refería.

MÁS FRIDA QUE NUNCA

Nickolas tachó la fecha en el calendario, le gustaba aniquilar con la pluma los días que habían transcurrido en el año como si sentara su poder sobre ellos; un día más vivido. Cualquiera pensaría que esperaba el regreso de Frida con ansias, pero bastaba ver el cúmulo de calendarios en su estudio para reconocer esa manía. Hoy tenía reunión con los Covarrubias; Miguel lo apreciaba muchísimo y no dejaba de agradecerle que le hubiera presentado a la bailarina Rosa Rolanda, su mujer. Querían fotos de ella para mandarlas a La Habana y a Buenos Aires. Confiaban en Nickolas y el color que lograba, esa novedad que le diera tanto trabajo en las revistas más cotizadas del país. *Mr. Glamour*, se burlaba Miguel. Lo hacía con esa confianza de amigos construida a lo largo de quince años de verse en las reuniones habituales en casa de uno o de otro, de haberse acompañado en sus caminos. Nick guardaba aquel primer dibujo de Miguel con emoción; Miguel enmarcó la foto de él pintando, que Nick le había regalado.

Quedaron de verse en el bar del Algonquin; Nickolas estaba más nervioso de lo habitual. Sabía que Miguel era un incondicional, había conocido a sus dos mujeres anteriores, pero no estaba seguro de cómo respondería cuando le presentara a la chica con la que se haría acompañar, sobre todo ahora que Frida estaba por volver y Miguel y Rosa le tenían preparada una cena de bienvenida.

—¿Estás loco? —le preguntó Miguel cuando le dijo que iría acompañado a la cita—. No sé cómo lo tome Rosa.

Qué querían, ¿que esperara a la impredecible Frida?

—Arrebátala del Sapo —le propuso Rosa medio borracha una noche en que los vio mirarse de manera exaltada.

La verdad era que aquellos meses Frida sola en Nueva York, Frida sin Diego, Frida con Frida, había sido otra: más Frida. Y aunque a Nickolas le había interesado desde que la conoció precisamente en casa de Miguel, encontró en Diego a un hombre ingenioso, más allá del talento que la exposición en el Museo de Arte Moderno les permitió apreciar. No se atrevió a cortejar a Frida: le dijo cuánto la querría retratar, y ella respondió «Cuando quieras». Ese cuando quieras tardó unos años. El retrato de Frida necesitaba a Frida con Frida —Frida sin Diego— para su mejor foto.

Pero Frida se iría a México, pensó mientras se anudaba la corbata, y él era un hombre a quien gustaba la compañía constante de una mujer; no en vano se había casado dos veces y lo seguiría haciendo cuantas fuera necesario. ¿Acaso los Covarrubias pensaban que Frida se casaría alguna vez con él? Era iluso pero no ingenuo, y era más práctico que las otras dos cosas. Era fotógrafo al fin y al cabo, tenía que mostrar en papel lo que su lente registraba, y como esgrimista sabía que no cabían medias tintas. No había truco. Hacía unas semanas había conocido a una joven que lo entusiasmaba; una chica que quería ser protegida. Y a él, fatal herencia de los Muray, de su abuelo, de su padre, le gustaba proteger. Por eso llegó a Nueva York a los veintidós años. No necesitaba la obligación de ser hijo; debía romper con la tutela. Necesitaba ser él.

Frida volvería en dos días, pensó mientras subía al taxi, y le tendría que decir la verdad. Los Covarrubias debían ayudarlo con la amiga común: les pediría eso cuando la chica fuera al tocador, o con suerte se retrasara y le diera tiempo de contarles su pesar. No deseaba lastimar a su amiga querida; no quería que se inclinara a la tragedia, le conocía un humor que veneraba. Pero también le sabía la predisposición al ensimismamiento. Diego, en gran medida, se había vuelto su desgracia. Salir de Diego, venir sola a Nueva York, le ayudó hasta volverla una mujer deseada por muchos. Julien Levy le confesó que se acostó con ella en aquel viaje a Pennsylvania. Semejante cretino, ¿acaso no sabía que Frida y Muray eran amantes? ¿Lo había hecho a propósito, o era una manera de abrirle los ojos? *Frida no es tuya. Es de todos o de Diego.* Cuando Julien se lo contó, no quiso verla en varios días. Ella le quiso platicar cómo era que había vendido sus cuadros a Kaufmann, cómo el millonario le coqueteó y casi le insinuó que la esperaba en su recámara. Lo que no contó Frida es que ella había elegido la de Levy. ¿O Levy mentía? En aquellos días retrató mal a las modelos de la portada de *Harper's Bazaar*; tuvo que repetir la sesión y costear los sueldos extras de las chicas. No estaba acostumbrado a perder el control. No iba a permitir que Frida lo sacara de su equilibrio.

—Frida es demasiada hembra para ti —le dijo Miguel cuando Muray explicó la situación, aprovechando que él había llegado primero que su acompañante.

Rosa y Miguel bebían un martini compartido, creían que así bebían menos aunque pidieran cuatro. Nickolas pidió uno igual al mesero que interrumpió la confesión.

—Tal vez —repuso pensativo. Tal vez temía a las mujeres que lo obligaban a ver la vida de otra manera, a ser más libre. Frida se había quejado del trato de Breton en París y el de la prensa en Nueva York, de lo insoportables que eran los artistas; *menos Duchamp, Kandinsky y Picasso*, aclaró. Todos, unos farsantes. Frida no tenía que quedar bien con nadie, ese era su estilo. Muray en cambio vivía de las celebridades, de retratarlas; allí desplegaba su arte, pero no hacía lo que le viniera en gana. Retrataba para comer, tenía poco tiempo para hacer otro tipo de fotografía. Además le gustaba reunir a sus amigos las noches de los miércoles en el estudio y ser el anfitrión; absorbía ese costo gustosamente. «El húngaro invita», decía orgulloso.

—No me digas que te vas a rendir —lo increpó Rosa.

—Mi trabajo está aquí en Nueva York, el de Frida está en México.

—¿Te intimida Diego?

—Lo respeto.

Tendría que haber explicado que no era fácil desprender a Frida de Diego, que lo logró en los instantes en que la pintora se dejaba acariciar, cuando se consagraba a ella como un amante paciente, y entonces Frida era dos veces Frida. Solo así consentía que Nickolas le hiciera el amor y le decía que nadie nunca como él; solo en esos instantes Frida con Frida era totalmente suya. Cómo explicar que aquello no se podía prolongar varios días seguidos, que Frida no estaba dispuesta a separarse de su leyenda: el amor por Diego.

Iba a contestar que Rosa tenía razón, se daba por vencido porque la vida emocional no podía ser tan complicada: cuando eso ocurría, cuando las aguas se enturbiaban, simplemente se separaba de sus mujeres. Le gustaba la paz, le gustaba que no le exigieran demasiado; ya su trabajo jugaba ese papel. Masticaba sus pensamientos cuando descubrió a Peggy mientras se acercaba hacia ellos con un vestido del tono del coñac ceñido a la cintura y el pelo rubio cenizo sobre los hombros. Nickolas y Miguel se pusieron de pie.

—No nos habías dicho que tu novia era tan hermosa —alabó Miguel.

Nickolas la contempló: ligera, elegante y sonriente, y se sintió afortunado. Respiró aliviado; ella lo quería sin complicaciones. Frida lo tendría que entender. Muray los presentó y ordenó otro martini para su nueva novia.

TOUCHÉ

Muray le había pedido que llevara varias blusas y aretes; la cita era a las tres de la tarde en el estudio de MacDougal. Era miércoles y a las siete aparecerían todos con las botellas de whisky y vino, y el estudio mudaría sus lienzos blancos por cuadros, sofás, sillas, mesas; se escucharía el piano al fondo. Martha Graham, después de algunas copas y cuando Fred tocara, intentaría algunos de sus movimientos de danza que tanto lo cautivaban. El cuerpo en movimiento; todo lo contrario de lo que Frida podía hacer. Tal vez eso era lo que tanto le intrigaba, cómo aquella mujer un tanto inmóvil usaba la imaginación, las palabras, los colores para el arreglo, la vista para la sensualidad, el atrevimiento con las manos; era como si sus capacidades se hubieran mudado a otros terrenos por ser tan estrecho el de su cuerpo y allí la voluptuosidad se diera toda por entero. Cuánto tiempo estuvo Frida besándole la nuca, pasando la lengua delicadamente por aquel pedazo de piel que tanto le entusiasmaba. *Tu nuca, Nick, es un país: no permitas a otra lengua regodearse en ese país tuyo y mío.* ¿Por qué había escogido precisamente para aquella sesión de fotografía el día que reunía a sus amigos en el estudio?

—Porque te vas a París —le explicó.

—Pero aún no —se defendió Frida.

—Porque te acostaste con Julien en Pennsylvania.

—¿Y qué crees que conseguirás retratándome, alejarlo?

—Déjame intentarlo. Te verá conmigo.

Se rieron mientras bebían brandy en la terraza del hotel St. Moritz.

—Está bien —dijo Frida—, con una condición.

Nick previó lo peor.

—Que todos se den cuenta de que me quedaré a dormir contigo.

A Nick le gustó la propuesta.

—Y que no mires tanto a Martha Graham, que nos abrumará con sus contorsiones.

Touché, pensó Nick, pero no se lo dijo. Frida era muy rápida, no se le podía engañar.

Cuando ella llegó al estudio se quejó de que la hiciera cargar con un maletín de ropa.

—De todos modos te vas a quedar, ¿o no, querida?

—¿Por qué no me retratas con el torso desnudo? —dijo mientras Nick tomaba la maleta y la colocaba en la recámara.

—Ya lo hizo Julien, ¿no?

Frida sonrió con picardía. Ser gustada le agradaba, que su cuerpo tuviera miradas la aligeraba de los dolores de espalda, del destino encorsetado de su torso.

—Le gusto cuando me peino con los pechos al aire —lo enceló maliciosa.

Nickolas se acercó a ella y le plantó un beso.

—Vamos a empezar.

—Me gusta que me calles así, amor.

—Eres insoportable.

—Por lo menos no te hablo de Diego.

Nick le dio un beso aún más largo.

—Está bien, no hablaré más —se resignó Frida.

Mientras entraba a la habitación para extender las blusas con bordados, las satinadas, con la sarta de aretes que había llevado al viaje, Nick empezó a colocar las luces.

—¿Te parece bien esta? —se asomó con la blusa azul celeste y los aretes de filigrana de oro.

—Ponte un lazo vino en el pelo. Y dale color a los labios, encontrarás tubos en esa caja —dijo señalando un pequeño cofre.

—No me pienso pintar con los bilés de tus mujeres.

Frida se acercó al cofre sorprendida por la cantidad de tubos cuyos tonos espió como una chiquilla alborotada.

—Aquí retrato modelos. Y el color importa, tú lo sabes.

Nick le había contado cómo se especializó en el grabado de color desde que salió de Budapest para estudiar en Berlín; la fotografía a color era lo que lo distinguía y por lo que lo buscaban.

—¿De qué tono se pintó los labios Florence Reed? ¿También la besabas? ¿O te hiciste famoso solo por el brillo de tus colores?

En la pared estaba la portada de *Harper's Bazaar* con aquella foto que prologó todas las demás, encargadas por muchísimas revistas. Frida caminó hacia ella y con el tubo en las manos lo acercó a la boca de Florence.

—Señorita Florence, permítame agradecerle que tenga aquí a Nick para mí solita, lamento que sea testigo de la manera no solo en que me retrata sino me desviste, me abraza, me soba los pezones con sus largas manos de esgrimista y, luego de alborotarme y saciarme, me arrulla como a una niña. Lamento hacerla pasar por estas y mejor sería que tuviera voz para ir a gritar al mundo, al mentado Diego, que Nick es mi amor. Que amo a Nick.

Cuando Frida volteó, Nick disparó la cámara. Luego le quitó el tubo y la condujo como a una niña delante del fondo blanco; la sentó, sabía que no podía estar mucho de pie. La necesitaba relajada. Frida se dejaba manipular como una muñeca, Nick retocó sus labios y luego se acercó con aquel lienzo magenta entre las manos, y con él enmarcó la cabeza de Frida. Como a una virgen, pensó ella, pero no dijo nada porque le fascinaba ver a Nick en trance creativo. Apuntó las lámparas y Frida sintió su calor. Nick se puso detrás de la cámara y disparó. Frida miró, pero como no encontró su mirada sintió desconcierto.

—Anda, sé bueno y tráeme una copita de brandy para que sepa que estás atrás de ese aparato, que son tus ojos los que miro.

Cuando Nick acomodó el rebozo, Frida le preguntó:

—¿Quieres quitarme lo mexicana?

—No puedo, pero te quiero hacer clásica, una madona del *Quattrocento.*

Frida bebió el resto del brandy de golpe.

A Diego le gustará, iba a decir, pero prefirió callar.

Aquella última noche en el barco, Frida bajó al comedor ataviada como de costumbre y se dirigió a la mesa de aquella pareja de estadounidenses que se había interesado en la historia que ella contó: venía de exponer en París, una exposición colectiva dedicada a México que organizara Breton; Duchamp y su mujer habían sido especialmente atentos con ella.

Antes de que se sentara, los Moore advertían a los demás contertulios:

—Aquí viene la mujer surrealista.

A pesar de llevar varios días en el barco, los pasajeros seguían mirándola con asombro. Frida pensaba que de ser niños igual le querrían levantar la falda, acercarse a los bordados, deshacerle el tocado de trenzas.

El señor Moore se puso en pie para que Frida tomara el asiento aún vacío en su mesa de siempre.

—La esperábamos, Frida —dijo su mujer muy amable.

—No he tenido los mejores días —se defendió—. Ustedes que van tanto de Nueva York hacia Europa, ¿cómo aguantan?

—Ya nos acostumbramos —rio el señor Moore.

—Yo solo estoy acostumbrada a andar en la tierra, y medio mal —se burló de ella misma.

El mesero acercó la sopera de cerámica azul y blanco y vertió la crema de mejillones en los platos de los viajeros.

Una de las parejas de la mesa cuchicheaba y la miraba. Frida comenzó a sentirse incómoda y los agredió.

—¿Les gusta mi ropa? Puedo prestársela cuando quiera —dijo mirando a la señora de vestido beige—. Figúrese que en París Elsa Sciaparelli diseñó una prenda bordada y la llamó *La robe Madame Rivera.*

Enseguida advirtió la torpeza de sus palabras e indicó al mesero que le sirviera vino. A nadie había contado que era la esposa de Diego Rivera.

Los del cuchicheo reaccionaron:

—Ya decía yo que la habíamos visto en el periódico —dijo el hombre y enseguida se presentó—: Roland y Susy Dubs.

Frida pretendía ignorarlos hablando con el mesero.

—Su esposo expuso en Nueva York hace unos años. Fue en el MoMA —se emocionó Susy Dubs.

—Lo tenía muy escondido —dijo el señor Moore.

Frida se bebió la copa casi de un trago. Podría haberles dicho que ella acababa de exponer el otoño pasado en la galería Julien Levy y que también había vuelto a salir en los periódicos sin que le llamaran *Madame* Rivera.

—Eso explica la amistad con Duchamp y Breton —dijo la señora Moore.

Frida se acabó la copa, resultaba inútil decirles que André y Jacqueline eran amigos de los dos; que se habían hospedado en su casa, que viajaron juntos por México; que si Diego era el imán primero, ella era el cierre, el hilván que afianzaba. Una pareja de pintores, un par de mexicanos ostentando el país por cada poro.

—Tiene razón —dijo Frida para dar por terminada la conversación. Ya le parecía que la intromisión de la niña el día anterior era mucho más benévola que esta charla que se había volcado en Diego.

—¿Y por qué no viajó con usted? —preguntó otro más de la mesa.

Frida pensó en decirles *Está trabajando en un nuevo proyecto, no estamos muy bien, si vieran cómo cada mujer que pinta se vuelve su amante, o al revés, son amantes que luego pinta; yo también soy una pintora con mi propio nombre,* pero optó por escandalizarlos:

—Vine a ver a mi amante. Ustedes lo deben conocer: el fotógrafo húngaro Nickolas Muray.

El silencio lodoso apenas transparentaba el ruido de las cucharas, el sonido de los pies, hasta que el capitán se acercó a la mesa para decirles que esperaba que la travesía estuviese resultando muy grata y que les agradecía asistir a la cena que ofrecía. Torpemente la señora Dubs señaló a Frida indicándole al capitán que entre ellos estaba la esposa del reconocido pintor mexicano Diego Rivera. Frida sintió punzadas en la pierna. El señor Moore, temeroso de nuevos desaguisados, indicó que ella misma era una pintora y que venía de París; el capitán no dejó de sonreír y dijo que era un honor, sin disfrazar su desconocimiento sobre el pintor mexicano.

—¿Me permite una foto con usted y el capitán? —dijo la señora Dubs, que parecía gustosa de llevarse una historia a casa.

—¿Y qué va a decir cuando la enseñe a sus amigos, «Miren, la esposa de Diego Rivera. La amante del fotógrafo Muray»? —Frida se puso en pie; ni siquiera se disculpó con el capitán. Pudo haber dicho que la pierna le dolía pero qué caso tenía: ser la mujer de Diego Rivera tenía un costo mayor. Y en ese viaje casi había olvidado que era *Madame* Rivera.

Al llegar a su habitación vio a la niña del abrigo rojo recargada en su puerta; llevaba una caja de chocolates. A Frida le pareció que era grato ver ese rostro inocente.

La cría alargó los brazos con la caja.

—Mmm, ¿te gustan los chocolates? —dijo Frida tomándola y la criatura se dio la vuelta para alejarse.

—Espera. Soy yo quien te debe una disculpa.

La niña no respondía, desconcertada aún por los modos ahora amables de la mujer del disfraz. Frida entró a su camarote y le pidió que pasara un minuto.

—Como yo me estoy disculpando y tú también, hay que comernos los chocolates las dos. ¿Te parece? ¿Cómo te llamas?

—Myriam —contestó sin atreverse a entrar.

—Pasa, querida Myriam, y abre la caja —le gustaba el nombre de la niña para un cuadro o para un cuento—. Te voy a decir algo: no soporto a la gente mayor. Y la otra mañana yo me volví una de esas insoportables contigo.

Myriam miró el montón de blusas sobre una silla; luego se acercó al tocador de Frida donde estaban muchos collares de piedras coloridas y dijes de plata.

—Ponte uno y yo te dibujo. A mí me gusta dibujar.

La pequeña, aún sin responder, se sentó en el banco del tocador y se miró al espejo con el collar de turquesas.

—Son como tus ojos.

Frida ya estaba sentada en la cama y dibujaba en la libreta que llevaba.

—Menos mal que mañana llegamos a Nueva York.

Myriam comía chocolates y se miraba de reojo en la luna; se sentía mayor e importante.

Cuando Frida terminó, recortó aquel apunte y se lo dio. Había dibujado una paloma en una esquina; llevaba un listón que decía: *Para Myriam con disculpas de Frida.* Myriam miró perpleja su retrato; reconocía su pelo rubio y su vestido, pero se veía mucho más pequeña y llevaba un collar con sandías y flores que no era como el que se había puesto.

—Anda, vete ya. Las dos necesitamos descansar.

La niña tomó un último chocolate y salió. Alcanzó a ver, antes de cerrar la puerta, cómo Frida se desanudaba las trenzas y el pelo oscuro se desparramaba. Pensó que si la dibujara, no podrían faltar esas cejas gruesas.

EN EL MUELLE

Nick se quitó la careta y guardó el florete en el anaquel del espacio luminoso donde practicaba la esgrima. Respiró profundo y miró el reloj: sabía que debía ir por Frida al muelle y también que era un tanto descabellado encimar los tiempos y hacer la rutina de ejercicios. Debía estar con Peggy, tranquilizándola, diciendo que la quería a ella pero que Frida era su amiga y que en eso quedaron cuando partió a París; él era hombre de palabra.

—Solo me tiene a mí en esta ciudad.

A Peggy le asustaba que Frida fuera una mujer mayor que ella y el cuadro que tenía Nick en su estudio la inquietaba. Una tina y unos pies, una calaca y un edificio saliendo de un volcán; corazones, raíces, mujeres desnudas. Si eso era Frida, caracoles con agua, lava, desnudez morena, no sabía qué hacer frente a ello; se sentía fuera del entendimiento de los amantes. Eso la vulneraba. Nick había sido cauto en no mencionar la palabra amantes pero Peggy la dedujo, la foto de Frida donde se transparentaban los senos en aquella blusa blanca la atormentaba. Le parecía frondosa y bestial, un animal con el que era difícil competir.

—Es la mujer de Rivera, un gran pintor mexicano —le aclaró Nick.

Pero Peggy olfateaba la pasión; una extraña pasión que rubricaba aquel cuadro.

—Tiene la espalda lastimada, se le dificulta andar.

Peggy imaginaba cómo Nick hacía a un lado el bastón y le pedía que se apoyara en él, cómo le quitaba el corsé que, le había dicho Nick, ella sublimaba pintándolo, una pieza más de sí misma. Cómo la llevaba al lecho y sobre la colcha el húngaro cuidadosamente entraba en la tullida. Imaginaba que Nick la penetraba con la misma elegancia con que apuntaba el florete al contrincante. Que sentía un triunfo al dar placer a quien normalmente estaría privado de él. Peggy había visto las fotos de Rivera, un hombre corpulento; no lo podía imaginar fornicando con la mujer menuda que era Frida. Todo esto que estaba en su cabeza, hirviendo como una excitación malsana, como un retorcido pesar, la hacía cojear a su vez. Aunque no había pedido ver a Nick antes de la hora en que llegaba Frida, bien le habría gustado que él reafirmara su interés por ella, y Nick sabía que eso hubiera sido lo prudente. Pero la esgrima le era necesaria en ese momento: sudar, colocar el cuerpo, concentrarse en los movimientos, en el ritmo, y dejar de pensar en la reacción de Frida. O ni siquiera en ello, sino aclararse a sí mismo qué era Frida para él: ocho años de conocerse, de coquetearse en aquella fiesta en casa de los Covarrubias; de que otros atestiguaran cómo él era el centro de la mirada de Frida en esa foto en la casa de San Ángel; Diego atrás de él, que sentado en el piso parecía presumir su elasticidad, Miguel entre Diego y Frida, que con su altivez y su blusa tehuana lo veía a él. Debió haberla quitado de la pared del estudio, porque aquella fue la que más inquietó a Peggy.

—Le gustas, le gustas mucho.

Frida alababa su esbeltez, su nuca, su cara angulosa, sus manos. Todo él era opuesto a Diego, pero el gusto de

Frida parecía ir más allá de lo físico, amaba su gentileza; lo mencionaba constantemente. Y Nickolas no podía fallar a esa gentileza de caballero, de esgrimista en contienda. Frida era un amor imposible, un amor huidizo y él no estaba para andar yendo y viniendo a México. Ya lo había hecho por los Covarrubias, por ella misma, y gozó la calidez y el mundo diverso de los Rivera. También había medido el tamaño de Diego, no solo por su estatura artística sino por lo interesante de sus reflexiones, por la sagacidad y el carisma de su corpulencia y rostro nada agraciados. Las mujeres, todas, morían por él. Frida era su niña, su cervatillo, como se pintó ella misma.

Nick se metió a la ducha para volver a su ropa de calle. Salió con el abrigo y el sombrero, necesarios en el clima cambiante de abril. Las imágenes lo asaltaron de golpe pero no la claridad; sintió un enorme deseo de proteger a Frida. Durante aquellos meses que estuvo en Nueva York, trató de protegerla de sí misma y de su voluntad de seguir siendo la mujer de Diego. Le dijo y le hizo sentir cuán poderosa podía ser como amante, amiga, pintora, pero llegó el momento en que ella no pudo permanecer más allí: pertenecía al colorido de los bordados soleados de sus blusas.

Lo confirmó cuando la vio en lo alto del puente del barco, antes de que Frida lo descubriera cuando se quitó el sombrero y lo agitó en su dirección. Destacaba entre todas aquellas mujeres de sombrero y colores oscuros por su tocado y sus aretes, pues una gruesa capa azul marino cubría su vestimenta; aun así, un rebozo atado en el cuello la identificaba. Absolutamente original.

Comprendió por qué Peggy le temía. Era única.

—Esta es la foto que a mí me gusta —dijo Frida cuando Nick le mostró algunas de las impresiones.

Estaba sentada en la terraza de su edificio, un buen punto donde atrás de un muro bajo de ladrillos destacaban algunos rascacielos. El cielo, exageradamente azul. Ella con una falda también azul, la blusa roja y amarilla, los lazos azules, las manos sobre los muslos y un cigarro entre los dedos apoyados sobre las rodillas.

—Te ves bravía —le dijo Nick—. A mí me gusta la del rebozo.

—Parezco una virgen.

—Estás más suave.

—Pero así no soy.

Nick la dejó pensar aquello, que la Frida guerrera, de lengua punzante, la doliente, era la real.

—Pues escogieron la del rebozo magenta para la revista.

—En París no lo hubieran hecho. Prefirieron a la Frida soldadera —concluyó riéndose.

Nick la llevaría al Barbizon para que se instalara.

—Pienso que estarás mejor en el hotel, después del cansancio del barco.

Frida lo miró con sospecha.

—¿Mejor que contigo? ¿Acaso estás celoso de Duchamp, de Picasso o de Breton mismo? Breton es insoportable. Hasta artesanías mezcló en una exposición que quiso que fuera emblemática de México. Picasso es un tanto arrogante, aunque me regaló estos aretes, y Duchamp, a pesar de que es poco gentil, está casado con una mujer maravillosa que me trató muy bien. Kandinsky pudo ser peligroso por sus elogios. Pero estate tranquilo, querido.

El silencio de Nick al dar el equipaje al botones del hotel la desconcertó.

—¿Pero querrás tomarte algo conmigo? —preguntó temerosa.

Mientras el mesero vaciaba brandy una y otra vez en la copa de Frida, Nick le contó sobre Peggy. Frida miró hacia los lados pretendiendo que la revelación no la hería.

—Bonito bar.

—Sí, sin duda. Perdona, cariño…

—¿Qué hay que perdonar? No soy la mejor pareja para nadie.

—Vamos, yo te he querido.

—Con fecha de caducidad.

Nick se acercó a su mejilla y la besó.

—Siempre te querré. Pero seamos realistas, siempre hemos sido tres en esta relación. Y amas a Diego.

Frida apuró la copa.

—Y a ti, mi Nick.

—Lo sé. No dejaré de quererte y cuidarte. Pero nunca te quedarías a vivir conmigo acá.

Frida miró sus ojos café claro, luego tomó sus manos y las recorrió con insistencia, como despidiéndose de ellas.

—¿Acaso me lo has pedido?

Una frase al aire, inútil, mentirosa, cuando lo que más deseaba era volver a México. Volver a su mundo, al español, al sol, a su estudio en San Ángel, a perdonar a su hermana Cristina, a Diego. A su Diego.

—¿Te vas a casar con esa mujer?

—Ya sabes que yo siempre me caso —dijo Nick con dulzura.

Entonces Frida tomó su rostro, le pidió que agachara la cabeza y le besó la nuca.

—No permitas que nadie más bese este país tuyo. ¿De acuerdo?

Por eso cuando ella fue al estudio poco antes de partir y eligió la foto a cielo abierto para llevársela a casa, Nick comprendió que esa otra, la dulce, la hermoseada por el amor, por su amor, no era la Frida que podía regresar a México.

—¿Irán tú y tu nueva mujer a visitarme?

Nick la besó en los labios. El deseo se había mudado por una fraternidad inquebrantable.

MUJER DE SOL

La luz del sur de la Ciudad de México es única, pensó Frida mientras se acomodaba en la silla del estudio de Diego. Había regresado cansada, con poco ánimo de pintar, en cambio le gustaba observar a su marido. O lo que quedaba de él para ella: por más que Diego la recibiera exultante por su éxito en París, mismo que Frida continuamente desmentía, algo los distanciaba. Era verdad, el Louvre le había comprado ese autorretrato donde aparecía con las cintas amarillas y no era poca cosa; entre los buenos oficios de Julien Levy en Nueva York y aquella travesía que la consumiera, *Madame* Rivera había logrado visibilidad en el mundo de las artes. No solo contó lo exótico y *naïve* que subrayara Breton, sino el color y la luz y el hambre de vida que otros podían ver. Pero a Frida no le bastaba.

—¿No quieres pintar? —le preguntó Diego.

—¿Tienes a alguna mujer tras la puerta que espera ser pintada?

Diego no le respondió. Estaba harto. Frida no merecía su conducta, pero él no la podía evitar: la belleza lo entusiasmaba, las mujeres lo perdían, aunque amaba a esa criatura; le gustaba malhumorada, se volvía más frágil. No le gustaba que no pintara, tampoco que lo necesitara tanto. Esa había sido una de las razones para impulsar su viaje sola.

—Todos se expresaron elogiosamente de tu belleza y seguridad.

—Menos tú —respondió dolida. Al ver por la ventana notó el cambio en el cielo de junio—. Va a llover.

Frida se había puesto ese par de aretes con manitas que Picasso le regalara. Le dio por encelar a Diego, esa era su desesperada manera de aproximarse a él, que ya había mencionado que sería bueno que se separaran un tiempo.

—¿Llevas los aretes de Picasso?

—Sí, fue muy gentil conmigo. Hosco al principio, cariñoso después. Pero tu amigo André, después de nuestras atenciones aquí, de llevarlo de viaje, de atenderlo, presentarle a Trotski y a Natalia, fue un pesado. Todavía no me creo que no se hubiera molestado en recoger mis cuadros en la aduana. Tuve que encargarme yo en París.

Diego ya había escuchado esa queja repetidas veces, pero no estaba dispuesto a engancharse en la amargura que la asaltaba esos días. Mientras metía el pincel en el amarillo cadmio y lo revolvía en la paleta, deseaba que Frida no estuviera allí. Necesitaba silencio y si acaso la alegría de una mujer sencilla como Paulette; había aceptado encontrarse con ella. No quería hacerlo a trasmano, no podría. Paulette Goddard era una actriz reconocida, y él no pasaba desapercibido. Frida no merecía el desaire.

—¿Vamos a comer pronto?

Frida sabía que esa era una forma de sacarla de allí.

—No sé qué vas a hacer cuando yo no me encargue de tu cocina.

El mozo que barría los patios y se encargaba de los jardines, además de ayudar a Diego limpiando pinceles y recogiendo el estudio, apareció con un paquete.

—Déjalo allí —dijo Diego señalando una silla.

—Es para la señora —explicó y lo entregó a Frida que ya salía del estudio.

Ella se sentó en la silla donde Diego indicara al chico que dejara el envío y revisó el sobre: era de Nick. Antes de abrirlo debió sosegar su corazón herido. Dos regresos y dos abandonos en tan corto tiempo eran demasiado.

—Creí que era lo de Noguchi —se disculpó Diego.

Frida reviró:

—Ese discípulo tuyo fue muy atento conmigo; demasiado, yo diría.

—No me extraña, ya se interesaba en ti desde que estuvo aquí y te aparecías en el Abelardo L. Rodríguez a ver cómo iba el mural.

—Iba al mercado por fruta.

Diego no contestó. Ambos desviaban su atención del paquete que punzaba en las manos llenas de anillos de Frida.

—Es de Nickolas —dijo Frida y lo abrió.

Allí estaba aquella foto del rebozo magenta. La luz hacía de su rostro una superficie suave y nacarada, el tocado azul marino sobre su pelo y los pliegues del mantón enmarcaban su semblante que se había suavizado; parecía una mujer pintada. Sintió un pellizco en el ánimo. Los ojos de Nick embelleciéndola. Las caricias de Nick desvaneciéndose igual que su voz en aquellas líneas donde esperaba que le gustara el retrato y le anunciaba su próxima boda.

Diego dejó de pintar. Intentó acercarse a Frida, reconocía ese rostro descompuesto.

—¿Malas noticias?

No respondió, tan solo le mostró el retrato. Diego se acercó al ventanal para contemplarlo mejor.

—Una madona. Bellísimo.

Frida se cubría el rostro. Le parecía que esa belleza pertenecía al pasado; solo alguien que la amaba pudo haberla captado de esa manera. Se contuvo, le molestaba que Diego la viera llorar.

—Nick tomó otras más bellas.

Diego reconoció la oscuridad de su mirada. Había algo turbio en aquella sentencia.

—Mi rostro transformado por el éxtasis.

Temió que Diego despedazara la foto de la Frida madona, pero no se atrevió a quitársela. En realidad ella prefería cualquiera de las otras que Nick le había hecho, incluso esa inexistente donde conseguía el placer que Diego ya no le daba y que ella ya no pedía. Se había quedado sin los dos, pudiendo haber permanecido con el húngaro, al lado de su ternura y su elegancia. Pero no en Nueva York. No, ella era del trópico, no importaba que su padre viniera de otras latitudes, su madre oaxaqueña era piedra de sol. Ella era lagartija tendida sobre la piedra volcánica, como le gustaba permanecer cuando niña sobre los escalones de lava congelada de la Casa Azul; la Casa Azul a donde habría de volver.

No le daría a Diego el gusto de saber que Nick se casaba: lo dejaría pendiente del alambre de los celos, si era que podía sentirlos; si era que lo atormentaban como a ella.

Diego caminó hacia Frida y le extendió la foto sin emitir palabra.

—Es tuya. Te la regalo —respondió con las manos sobre los muslos.

—Será una clásica por la que te recordarán; como la de Joyce que también tomó Nick, o la de Fitzgerald.

Frida sintió que un sudor muy fino se le agolpaba sobre el labio. Controló un temblor que la invadía cuando no sabía qué hacer, la pierna le dolió.

—¿Te sientes bien? —se preocupó Diego ante su palidez.

—Voy a descansar —dijo Frida.

Diego la ayudó a sentarse. Sintió el soporte de esa mano tosca y le dio coraje necesitarla tanto.

—¿Y a quién le importa quedar en una fotografía? —dijo.

Había estado con Nick sin poder dejar el corazón de Diego.

EL AVE DE LAS TEMPESTADES

El Toreo, Durango y Salamanca
Colonia Condesa
Ciudad de México

«Yo podría ser tu padre», eso fue lo que le dije a Pastora. Ya no era una chiquilla, sino una jovencita a la que se le podía revelar la verdad. Hubo un largo silencio y después colgó el teléfono. No iba a cejar en mi empeño. Había vuelto a la Ciudad de México, si ya no a cortar rabo, partir plaza y ganarme el afecto, a vivir bien. Y para ello no me bastaba el buen clima y los amigos, necesitaba ponerme en paz con el pasado. Y mi pasado era la madre de Pastora: Conchita Martínez.

Volví a marcar y a repetir la frase. «Yo podría ser tu padre». El silencio fue más largo y escuché su respiración, imaginé la manera en que detenía el auricular y miraba al aire, perturbada y curiosa, con esos ojos oscuros que seguramente repetían los de su madre. No colgó. Repetí la frase y añadí:

—Déjame explicártelo, Pastora.

—¿Quién es usted? ¿Por qué sabe mi nombre?

—Eres hija de Conchita Martínez —le dije por respuesta.

Otra vez un incómodo silencio.

—¿Y cómo se atreve a decir que podría ser mi padre?

—¿Puedo verte? Te invito un café.

—No salgo con extraños.

Entonces le describí a Conchita: hablé de su pelo sedoso y sus pómulos visibles, de su sonrisa. Cuando la hice trastabillar fue cuando aludí a su cante.

—Qué voz tenía. Seguramente te arrulló con su canto.

Pastora me respondió con la voz entrecortada:

—Solo puedo por la mañana, cuando mis hermanos van a la escuela.

—Mañana a las once, en el café Auseba. ¿Te parece bien, Pastora?

No imaginaba que aquella cita me produjera tal impaciencia. Y yo conocía de impaciencias y de esperas: un torero no es nadie si no entiende de ellas. Sabía que el tiempo antes de salir al ruedo se alarga como goma. Y que la preparación que antecede al encuentro con el toro es minuciosa y lenta: vestirse de luces toma bastante. Para ver a Pastora, escogí un pantalón de gabardina caqui y una camisa azul; también la chaqueta de cuero que había aprendido era la mejor prenda para capotear el clima de la Ciudad de México. Era de gamuza española, un regalo de Gaona. Ya no era tan delgado como cuando me fajaba y me abotonaba la chaquetilla para salir a la plaza. Me puse los calcetines de hilo porque tenía manía por ese material, el mismo de las medias color coral que siempre usaba para la faena, y luego me até las agujetas. Antes de salir para bolearme los zapatos, hurgué en los cajones de la cómoda de aquel piso pequeño que rentaba con Negrete, aspirante a torero que seguía entrenando en Coyoacán. Localicé una foto de aquella época: Lorenzo Garza, *el Ave de las Tempestades*, vestido de luces, y la guardé en el bolsillo. Me peiné el pelo grisáceo.

Pasaron los años, y el tiempo, que se lo había llevado todo, no logró borrar el recuerdo de Conchita Martínez, la cantaora, ni la afrenta del hermano del presidente. Aún odiaba a Maximino Ávila Camacho.

PASEÍLLO

Pastora miró el reloj, pasaban quince minutos de las once y el hombre de la llamada no aparecía. El mesero se acercó varias veces para preguntarle qué más quería y ella solo meneaba el café, un tanto ridícula, un tanto desolada. Eso le pasaba por ingenua, por escuchar sandeces de un loco, de alguien que osaba meterse en su vida. No le contó a nadie que iba a una cita extraña, con un hombre que no solo decía haber conocido a su madre sino que podría ser su padre. Pensó en avisarle a la amiga con la que iba a clases de costura, pero cualquiera creería que se le había zafado un tornillo, que no se queda una de ver con un desconocido que para presentarse empieza afirmando que podía ser el padre de una. Una falta de respeto, aguda intromisión. Debió colgarle el teléfono. Se enojó consigo misma, porque a veces le faltaban agallas; sobre todo para explotar. Era como si toda ella tuviera la obligación de hacer más suave la vida para sus medios hermanos, ahora que su madre había muerto.

Pastora pidió un segundo café cortado, son muy buenos en esa cafetería de don Juan Arenas. No era la primera vez que iba. Necesitaba apaciguarse con el aroma pues comprendía que había hecho una locura, que había seguido su intuición sin miramientos y eso no estaba bien. ¿Será una maldita herencia paterna? ¿De Maximino? Miró hacia la calle por si veía a alguien que podría tener la edad para ser su padre; el que apareciera por lo menos debía cumplir con ese requisito, si no, cómo pudo haber dicho aquello. ¿De qué conocía a su madre? Lo lógico era sospechar amoríos cuando un extraño reclamaba paternidad, y de eso no se quería enterar. Le irritaba que hubiera dicho aquello. Ella tuvo un padre y bien parecido, conservaba una foto de él. Un padre escurridizo, era verdad, no siempre en casa, pero cariñoso, atrevido, zalamero con su madre, adulador con ella; prodigando regalos en cada visita, y desapareciendo luego. Su padre seguía sus corazonadas, era la explicación que le daba su madre. «Se fue de negocios, él es así, ahora debe estar en Tlaxcala, en Puebla o en Acapulco. Él es muy importante, trabaja en el gobierno». Y ella heredando esas malditas corazonadas que la tenían allí, en espera de un ser volátil, hasta ahora solo una voz que le habló de la voz de su madre. Cómo la extrañaba. Que estuviera muerta parecía mentira. Cómo iba a explicarle a su amiga, a quien fuera. «Voy a ver a un desconocido porque conoció a mi madre. Porque extraño la voz de mi madre. Porque los recuerdos de ella son cada vez más vagos y su presencia se me escapa».

Pastora conservaba el disco que su madre trajera de España y del que, cuando ni su padrastro ni sus hermanos pequeños estaban, escuchaba aquellos caracoles andaluces. La melodía vibraba con tanta vida que casi parecía que se había ido a otro lado y no que estaba muerta. Si no tuviera los discos para recrearla, su memoria no hubiera retenido la voz de la cantaora que se apagaba, se enturbiaba y confundía con otras.

Un hombre con chamarra de cuero y pelo entrecano la sacó de sus cavilaciones remojadas en café cortado.

—¿Pastora?

Ella lo miró como si aún no se creyera que existía el desconocido que le habló de su madre. Recorrió su figura esbelta, pensó en la edad que tendría su madre de seguir viva: cincuenta y tantos. Observó sus manos nudosas, su tez morena, su nariz ganchuda.

—¿Mi padre? —dijo torpemente por respuesta.

—Lorenzo Garza —extendió la mano el hombre.

Pastora lo saludó y le indicó que se sentara.

—Una disculpa por la tardanza. Sé muy bien que a una mujer no se le hace esperar.

Pastora pensó que cualquiera en su sano juicio se hubiera puesto de pie a los quince minutos de retraso y habría huido de la insensatez; había hecho el ridículo.

—Tuvo suerte de que el café aquí fuera tan bueno, si no, ya me hubiera ido.

—No tengo pretexto para el retraso, debo confesarte que pasé repetidas veces por la calle para contemplarte. Para serenarme.

Pastora lo miró desconcertada.

—O sea que me espiaba —confirmó que había hecho muy mal en aceptar la cita.

—Te pareces a tu madre; mirarla en ti me llenó de nostalgia. No sabía cómo actuar.

—Mi madre murió —dijo Pastora, defendiéndose de un viejo admirador de su madre que podría ahora abordarla a ella.

Lorenzo Garza agachó la cabeza dolido.

—Lo sé. He visto la esquela. Visité su tumba.

El mesero se acercó y mientras quien dijo llamarse Lorenzo Garza pedía un café, Pastora aprovechó para mirarlo con atención. Tenía el rostro anguloso, era agradable; no muy alto y hasta tímido. No se parecía a su padre, Maximino, tan echado para adelante, tan comemundo, tan capaz de adorar y destrozar. No es que lo recordara con claridad, pues tenía cuatro años cuando él murió, pero lo sabía por lo que se decía de «el hermano incómodo del presidente». Por los recortes del periódico. Era un hombre que había dado de qué hablar y seguramente alguien intentaría una novela.

Lorenzo Garza parecía tener un corazón tierno; no cualquiera le brindaba su tiempo a una difunta. Pastora quiso saber quién era ese desconocido y qué tuvo que ver con su madre. También sintió miedo de que alguna confesión privada le pudiera doler. Estaba confundida, quería regresar el tiempo y que la llamada que la llevó allí no hubiera tenido lugar. Pero era una oportunidad de escuchar sobre su madre y, a los veinte años, estaba muy sola con la ausencia de ella.

Lorenzo pareció adivinarle el pensamiento. Sacó una foto del bolsillo de la chaqueta y la puso en la mesa.

Pastora contempló al torero, en voz alta leyó:

—El Ave de las Tempestades.

—Soy yo —confesó Lorenzo—. Y conocí a tu madre cuando era cantaora. ¿Me permites hablarte de tú? Lo he hecho sin pensarlo. Eres tan joven… Yo la quise. Y la hubiera querido siempre a mi lado, si Maximino Ávila Camacho no se hubiera puesto en el camino.

PRIMER TERCIO

Empecé por presentarme, por decirle que yo, Lorenzo Garza, nací en Monterrey hacía cincuenta y tres años; trabajé de minero y boxeador pero mi verdadera vocación estaba en los toros. Todos necesitamos que alguien nos dé la oportunidad, o tomarla a la mala como algunos, pensé en Maximino pero no se lo dije. Yo qué iba a saber qué sentimientos tenía hacia su padre; no hablaría mal de él si ella no lo permitía. De todos modos ya la vida le había pasado la factura llevándoselo pronto. Lo que sí lamentaba era que el arrojo que tuve para capotear a los animales no se me diera con la misma fortuna para con las mujeres. Digamos, pensé que mientras Maximino sabía usar todas sus artes para el galanteo y el cortejo, yo las había empleado en el ruedo.

—Y tuve la oportunidad —seguí diciéndole a Pastora— cuando me lancé en el Toreo de la Ciudad de México. Allí mismo el gran Rodolfo Gaona, el mismito Califa de León, ya retirado, me entregó su capote de paseo, y eso significó un reconocimiento y un empujón. Cosas de la vida, Gaona era muy amigo de tu padre.

Cada vez que le decía «tu padre», las palabras me raspaban el ánimo. No me detenía a preguntarle a la chica si sabía de toros porque su cara no mostraba asombro, era un lenguaje que conocía. Callada, daba vueltas a la cucharilla del café.

—No sé tú, Pastora, que eres tan joven; entonces yo también lo era. Tenía veinticuatro años y sabía que ese capote me daría suerte. Creo en la suerte y en el infortunio. Los toreros somos supersticiosos, guardamos fetiches, y adoré aquel capote de Gaona porque dos años después me apadrinó Pepe Bienvenida, y Maravilla fue testigo aquel mes de agosto del 32 en Santander. Te aburro, ¿verdad? Aunque sé que sabes de toros, pues tu madre finalmente volvió al ruedo y se casó con el torero Raúl Acha. Qué vueltas da la vida. Es increíble, parece que ella siempre atendió el llamado de su cuna andaluza: el espectáculo de la fiesta brava, tan hermana del flamenco donde su voz acompañara las flexiones de los cuerpos espigados, el taconeo, las palmas. Su falsete sincopado, qué dicha era escucharla. Pero desvarío, Pastora, disculpa, me exalto; hace tanto que no hablo de Conchita ni de mí en aquellos años, que se me atropellan las palabras. Y te miro y me pongo nervioso por el recuerdo dulcísimo de aquella mujer que amé, por la que me puse de rodillas como lo hacía frente a los toros. Cuando alguien me contó que Acha la haría su mujer, celebré que Conchita estuviera otra vez entre nosotros. No que quisiera la muerte de tu padre, claro.

Pastora asentía. No hablábamos de nada ajeno.

—Los toreros nos respetamos entre nosotros, pues conocemos lo que nos une. Miramos al animal de frente, contemplamos en el hervidero negro de su cuero el llamado del peligro, la amenaza de muerte y sin embargo debemos recibir al toro con elegancia y ceremonia, debemos cansarlo, marearlo, hacerle sentir que nuestros escasos kilos tienen sus posibilidades frente a la media tonelada de ese cuerpo que catapulta en nuestra dirección. Así son los amores de ciertas mujeres, embestidas: hay que saber contenerlos con elegancia. Yo no pude. Llegó él, tu padre, que amaba la fiesta brava también y la envolvió entre capotazos, lucimiento, poder y aplomo. Lo digo porque lo conocí, porque él también me ayudó cuando necesité otra oportunidad. Amigos pueden resultar enemigos. Y si me llamaron Ave de las Tempestades no solo fue por mi estilo de torear, también tenía mi temperamento afuera del ruedo.

SEGUNDO TERCIO

Pastora naufragaba en sus pensamientos. Mirar a alguien que podía ser su padre, como él había afirmado, la llevaba a tiempos un tanto olvidados, por lo menos desde que su padrastro se ocupó de todos ellos. Hacía mucho que no pensaba en su verdadero padre, dejó de preguntarse si lo quería. Cualquiera diría que no era fácil querer a un hombre que tuvo catorce hijos y cinco mujeres. Pero Pastora no tuvo idea de nada de ello hasta tiempo después. Cuando corría al cuarto de sus padres en el departamento donde vivían, se sorprendía al no encontrarlo. «¿Y papá?» «Tiene mucho trabajo». Su madre tuvo siempre una respuesta rápida, ahora comprendía que era una respuesta que ella también se daba. «¿Se murió por tanto trabajo?», le preguntó a su madre cuando ella le contó que papá no volvería pues estaba con los angelitos. Por las noches, Conchita le cantaba aquello de *duérmete lucerito de la mañana* con su voz andaluza, con su dulce tono. El recorte de periódico que el torero le mostraba la sacó de su zozobra.

—Mira, era de cuando tu madre cantaba en España. Era de las grandes; ella me lo dio. Cuando la conocí acababa de llegar a México con su amiga la bailarina Carmen Amaya, venían huyendo de la guerra en su país.

Pastora tomó la foto entre sus manos y miró a aquel emisario del pasado. Empezaba a relajarse, a dejar de temer; a sentir que su intuición la había llevado por buen camino. A través de ese hombre moreno, ese torero retirado, se acercaba a su madre. A su madre joven.

—Qué bella.

—Y qué talento. Pudo alcanzar a Imperio Argentina, porque cantaoras había bien pocas. Ella ya tenía grabado un disco con Pepe Badajoz, había salido de Cádiz y en Madrid consiguió buen cartel: con la propia Pastora Imperio, de quien seguramente tomó tu nombre. Un hermoso nombre; de haberme preguntado, habría estado de acuerdo.

—Lo escogió ella —subrayó Pastora, volviendo al café frío. Recordó cómo su madre a veces se lamentaba de que la guerra civil cambiara su destino. «Me dio hijos mexicanos, pero me quitó los escenarios y a mi familia», solía decirle.

Lorenzo le contó que su madre ya tenía fama en España cuando la guerra la trajo a México; parecía haberse aprendido de memoria lo que apareció en la prensa española entonces.

—Estuvo en la Radio Catalana en los veinte y luego se mudó a Madrid, donde solía actuar en la Sala Pelayo de Atocha; conozco esos lugares porque los visité cuando fui a torear a Europa. Por eso cuando los mencionaba podía mirarlos. En 1935 montó en la Sala Gong de Madrid el espectáculo *Una noche en el Sacromonte*, con cantes gitano-andaluces; dice en este artículo que «El cante flamenco estaba hecho para ella y ella estaba hecha para el cante flamenco». Tuvo tanto éxito que Manolo Hidalgo la invitó a actuar con Pastora Imperio en varias ciudades andaluzas. Cuando se presentó ese mismo año con Carmen Amaya en La Latina de Madrid, se dijo que eran «las revolucionarias del arte gitano y andaluz». No era poca cosa para su tiempo. Me lo contaba con mucha nostalgia, como si de raíz se hubiera truncado el camino que ya andaba con buena fortuna.

Pastora no sabía del pasado de su madre con tanto detalle, le había faltado tiempo para conversar con ella; lo lamentaba.

—¿Te pido otro café?

Pastora miró el reloj, atendía a sus hermanos y aunque una chica cocinaba, siempre comía con ellos.

—¿Se te hace tarde? Podemos vernos otro día.

—Aún tengo tiempo, quiero escuchar más de mi madre. Tengo el disco del que habla.

A Pastora se le atoraba la pregunta que quería formular: «¿Cómo es que usted no fue mi padre?».

—Tú que la echarás de menos, comprenderás por qué tu madre me robó el corazón, criatura. El problema es que no fui al único.

Pastora miró a Lorenzo imaginando qué habría sido amanecer en casa, de niña, y encontrarse con un papá de todos los días. Con uno que la acompañara a la escuela, que se sentara a cenar con ellas. Un papá que no solo sacara a su madre de casa para lucirla; no un papá de vez en cuando. Recordaba los paseos a caballo con su padre ocasional, y que le llevaba unas muñecas muy grandes, tan grandes como ella misma. Y que cuando era Navidad la casa se llenaba de los amigos de su madre, y todos cantaban. Pero las pocas cosas que hacía con su padre Maximino apenas y las recordaba.

—¿Mi madre lo quiso a usted? —preguntó Pastora intrigada.

Lorenzo la miró y volvió a insistirle:

—Háblame de tú, Pastora. Nos reuníamos entre amigos a comer y cantar. Ella me había visto torear, ese era el ambiente en el que se movía tu madre, tan ligada a lo español. Nos conocimos después de una corrida en el coso de la Condesa; entre el revuelo rojo de las muletas y la sangre de los toros coincidimos y nos despedimos. Quién lo iba a pensar. Es como si el ruedo fuera el escenario de nuestra historia: principio y fin. Maximino tenía también pasión por los toros… y las mujeres.

Pastora sintió una punzada. No debía permitir que hablaran mal de su padre. Aunque le había dolido enterarse de que su madre fue una más de las pasiones del hermano del que fue presidente de México. No lo supo de niña, ni lo hubiera entendido. Su madre se lo contó después, cuando Pastora conoció a uno de sus medios hermanos, otro Ávila como ella que se burló y le dijo bastarda. Tenía trece años y podía entender la palabra. Lo que no conocía era la verdad, y la verdad le dolió. La exigió a su madre: la hizo sufrir cuando le pidió que le contara quién era realmente su padre. Recordaba su apuro, la manera en que tejía nerviosa mientras explicaba que Maximino se enamoró de ella pero que no quería dejar a su esposa legal, y que por eso tenía otros hermanos del matrimonio de su padre. Fue tiempo después, en algún artículo de una revista, que leyó con santo y seña, y algunas fotos, sobre las muchas mujeres de Maximino Ávila y conoció los nombres de los hijos que tuvo con ellas.

Pero ya Lorenzo Garza se disculpaba:

—Siento haberme expresado así. No es mi intención lastimarte.

—Sé la verdad, sé que tuvo hijos con muchas —se rindió Pastora.

—Su gusto por las mujeres le hizo bien a la escena taurina —agregó el torero—. Lo conocí cuando consiguió traer a Conchita Cintrón, mira nada más qué casualidad; otra Conchita. Esta era peruana por naturalización, porque había nacido en Chile; era novillera y alanceadora. Muy salerosa y con garbo. Y Maximino, que ya era socio del Toreo de la Condesa, se empeñó en lucirla en el ruedo en el verano del 39, convenció a su socio y compadre Anacarsis Peralta de que la hiciera debutar; la Diosa de Oro, como le apodaron, aceptó. Entonces se les veía retratados en los diarios y en las fiestas. Fue una conmoción entre el mundo taurino, Pepe Alameda le compuso una décima. Te la puedo recitar porque yo era también de los que disfrutaban contemplar el arte de esa mujer torera en su traje de luces: *Por el ruedo del ensueño,/ te sueño toda de oro/ y todo de negro el toro,/ fundidos en un empeño/ casi verdad, casi sueño,/ y me pregunto por qué,/ ni siquiera en sueños sé,/ cómo juntas, amazona/ la elegancia de Gaona,/ con la llama de José.*

»La veíamos salir del Packard negro de Maximino y la escuchábamos contar cómo tu padre había ido por cinco trajes a la sastrería, así, cinco para él en una tarde. Eran los tiempos en que era gobernador de Puebla. No hubo nada que no consiguiera: por las buenas y por las malas se las agenció para eliminar a los otros socios de la plaza, les compró su parte y ellos vendieron obligados. Por eso, si quería ver torear a la Cintrón y luego hacerla suya, quién se lo iba a impedir. La novillera decía que tu padre era muy generoso, le había dado cuatro caballos y la invitó a la casa que tenía en Fortín de las Flores, con una piscina llena de pétalos de gardenias, según contaba».

Ya Pastora se levantaba; Lorenzo sintió impropia su conducta de hombre, imponiéndole un pasado por pura nostalgia y despecho, pero la muchacha dijo que pediría un teléfono para hablar a su casa y avisar de su retraso. A saber si aquello era cierto, tal vez estaba haciendo recuentos de mal gusto. Qué necesidad tenía la joven de saber de la vida de su padre y de esa otra Conchita con quien Maximino se lucía a caballo en la plaza y luego destacaba entre toreros, ya fuera en las páginas del semanario taurino *El Redondel* o en el bar del Imperial; acompañada de dos grandes, Chucho Solórzano y Ruy da Cámara, llegaba a platicar el asombro que le producía aquel hombre que podía mover el mundo a su voluntad. Entonces le tenía simpatía a quien apoyaba el toreo con tanta vehemencia. Debía hablar bien de su padre, rescatarlo para que los recuerdos de la joven no fueran empañados por su desagravio; era difícil pero lo intentaría.

Pastora volvió y dijo que podía quedarse un rato más.

—Si vieras cuánto hizo Maximino por el toreo en México. Los criadores de toros de lidia se lo agradecían; nosotros, los aficionados también. Nunca hubiéramos tenido el privilegio de ver a la peruana en nuestro país de no haber sido su gusto. Pocas mujeres han aparecido en los carteles taurinos. Conchita Cintrón se sorprendía de la manera en que la anunciaban, como diva, como *vedette*: bellísima, ponían bajo su nombre. Nada de su estilo, de su facilidad para montar y arremeter contra las toneladas de la bestia.

Pastora interrumpió el monólogo:

—No tiene que hacer lucir a mi padre.

—Él solito lo hacía —bajó el tono Lorenzo.

—Me queda claro que se lucía con las más bonitas.

Lorenzo tuvo que aceptar aquella verdad, pero no quería molestar más a Pastora.

—Todos tenemos un lado bueno y un lado malo. Si vieras que también tenía imaginación para usar el poder —Lorenzo pensó en la manera en que desenfundó la pistola en el Toreo aquel día, pero no lo dijo—: a la Cintrón le sacó una credencial del Servicio de Inteligencia para que la dejaran circular a diario, eran tiempos de guerra y estaba prohibido el tránsito de los coches ciertos días; eso afectaba el traslado hacia las plazas de toros. Con aquella credencial la torera no sería molestada, pero por más que la quiso usar no hubo ocasión: los policías, los federales, todos la reconocían y le pedían autógrafo, y Conchita no tuvo momento para usar sus papeles falsos.

Pastora sonrió divertida. Ese México le parecía tan lejano: la Segunda Guerra Mundial. En la década de los sesenta no quedaban huellas de ese tiempo. El coso de la Condesa ya no existía. Sabía pocas cosas de su padre. No había querido leer todo cuanto se escribió en su mal nombre: no quería enlodar la imagen un tanto borrosa que guardaba de él. Su propia madre fue cautelosa cuidando la permanencia de aquella figura esquiva en la criatura.

—Un día leí que Conchita tuvo líos en algún viaje por llevar esa credencial del Servicio de Inteligencia mexicano. Aún después de muerto, Maximino extendía su poder —Lorenzo se sintió imprudente—. ¿Te molesta que cuente estas cosas de tu padre?

Pastora debía decir que sí, defenderlo, pero la verdad se le había vuelto un personaje más que un familiar, y ya no sentía aquel coraje de enterarse de que su madre era una segunda casa. Qué casa ni qué nada, apenas un departamentito para las dos y muchas habladurías a sus espaldas. Su condena de bastarda le pesaba, pero más que nada la ofendía el trato que su madre no se merecía. A su muerte leyó las declaraciones de la viuda, Bárbara Margarita, y lo que agregaba el rival de su padre, Vicente Lombardo Toledano: la viuda alegaba que tenía quién sabe cuántos millones de pesos, pero Lombardo Toledano enumeraba los ranchos que poseía Maximino en el norte de Puebla: Las Margaritas, La Limonita, El Colorado, entre muchos, y claro, se decía que eso no lo compraba ningún sueldo. Para colmo, su madre no poseía ni un trozo de aquella fortuna. Pastora fingió cierta indignación pero pidió que continuara.

97

—Quiero entender a mi madre.

—Yo también, aunque no es difícil saber por qué se decidió por Maximino. Él logró lo que se propuso; solo con la muerte temprana no pudo. Así que cuando vio a tu madre y la escuchó cantar y palmear con ese estilo tan natural, con esa cultura gitana mamada en Cádiz, cayó rendido de deseo. Él, aunque se pusiera sombrero cordobés, no tenía lo andaluz en la sangre; y yo, aunque me respetaba como torero, no iba a ser impedimento para su conquista. Si a la propia Dolores del Río la intentó seducir con aquel traje de china poblana bordado en plata... Tu padre era un gran seductor; seducía a mujeres y a amigos. A mí me ganó cuando me dio una oportunidad en la plaza. Como en el amor, en el ruedo no siempre se triunfa y yo andaba de capa caída cuando él pidió otro toro para mí.

ÚLTIMO TERCIO

Ver a Pastora e instalarme en el pasado me devolvió el polvo seco del redondel, el peso del capote y su color rosado, las fauces abiertas del morro del toro, la actitud del animal que mira como si no mirara, que se lanza cuando no se le espera; hay que tener el cuerpo y los ojos muy listos en ese diálogo de silencios. Y se necesita la fuerza de la juventud para moverse de prisa, para quebrar el torso, para sostener el capote, para ladear el cuerpo, para las suertes. Ya no puedo torear, solo enseñar a otros. Puedo defender a mi gremio y a la antigua fiesta taurina, pero no ser el Ave de las Tempestades de nuevo. Pastora con su mirada curiosa me invitaba a contarle.

—Fue un domingo de diciembre de 1941 en el Toreo,

la plaza me abucheaba en aquel mano a mano con Luis Castro, el Soldado. Hacía ya dos temporadas que yo no levantaba. Y a Maximino, como buen aficionado, le gustaba el riesgo; ¡que si no! Aquella tarde salvó mi honor y me brindó un séptimo toro para que me sacara la espinita de una desafortunada lid. Entonces los santos me asistieron pues saqué fuerzas de flaqueza, me encomendé a mi Monterrey natal y con capote y muleta cerré la tarde entre ovaciones y corte de oreja, la de Churrito. No tenía más que agradecimiento para ese gesto de quien ahora vivía en la Ciudad de México como secretario de Comunicaciones y Obras Públicas: tu padre, el mismo que hundiría mi honor poco después.

No le iba yo a contar a Pastora, a esa muchacha tan dulce, cómo me carcomía la culpa cuando deseé que algo le pasara; que su poder de reyezuelo se acabara. No comprendía cómo Conchita no advertía su conducta a lo Mussolini; ella, que había salido huyendo de los fascistas en España. Lo maldije y quise para él cosas terribles. Cuando supe de su muerte súbita experimenté la sensación de que yo había tenido que ver con ello de tanto odiarlo.

—El poder de tu padre no estaba en el ruedo, por eso aunque apoyaba la actividad y era muy amigo de Gaona y otras figuras, y usaba el sombrero cordobés como si fuera un español de cepa y no un mestizo de Teziutlán, nos envidiaba. Pienso que eso le hizo hundirme en público después de haberme dado la oportunidad del triunfo. Aunque era muy de a caballo, no sabía rejonear: una vez, el buen Califa de León tuvo que salir al quite y hacer una faena veloz cuando él no daba el ancho y ya peligraba en la lidia. Porque Maximino quiso ser uno: debutó en Pachuca, según fanfarroneaba siempre en las borracheras;

en cualquier lugar en que iba de comisión militar organizaba una corrida mientras hubiera ruedo. Eran famosas sus novilladas en Puebla para festejar su cumpleaños; no fallaban Armillita y Gaona, que eran sus amigos.

Me vino entonces la nostalgia toda, la de no tener a Conchita cerca, la de no estar más en los carteles del Toreo. La despedida del Orfebre Tapatío, con quien compartí cartel esa tarde, casi coincidió con la mía en aquel 1943; y de la añoranza pasé a la necesidad de contar el agravio, de que esta muchacha, hija de esa pareja rival, supiera cuánto me importó su madre.

—Ya sabía yo que Maximino cortejaba a tu madre, que había sido mi novia, y que como aficionado que era me los toparía algún día en el tendido; también me dije que cuando eso pasara, no voltearía la mirada hacia ellos, resistiría el deseo de ver el rostro bello de tu madre. Y así ocurrió aquella tarde. «Está Conchita de espectadora», me advirtieron los muchachos. En esa corrida eran tres mis adversarios: Maximino, Conchita y el toro. Entré a la plaza y me concentré en el adversario que podía medir e intentar batir: el toro. Ni en el paseíllo alcé la vista hacia donde sabía le gustaba sentarse al secretario. Sabiéndolos a los dos allí, sentí la ira de haber sido vencido en amores; torearía con más rabia, aplomo y violencia, y así estaba ocurriendo.

Volteé hacia Pastora, sin estar seguro de que debiera contar el final.

—Tal vez ya tengas que irte —intenté.

—Siga, por favor —dijo apretando mi mano.

—Antes de dar la estocada de muerte al animal, tocó refugiarme tras las tablas, muy cerca de donde tus padres estaban; la batalla con el toro me había distraído de su presencia. Un toro pide todo de ti, si te desconcentras te embiste, te mata. Fue desde las gradas a mis espaldas que alguien gritó: «Tempestades, te bajaron a la novia». Un torero puede aceptar la cornada de la fiera, al fin una lucha de dos entre la vida y la muerte, pero no la del semejante. Con mi hombría retada, di la espalda al animal y subí de golpe al tendido; extendí la espada de la muleta hacia el corazón de Maximino. Un silencio helado se instaló en la plaza. Antes de que los hombres que lo cuidaban me inmovilizaran, sacó la pistola y me apuntó: «Aquí te mueres para el toreo. No te quiero volver a ver». Intenté atrapar la mirada de tu madre, pero la tenía en otro lado. Esa fue la última vez que la vi, y la última vez que aparecí en el Toreo de la Condesa.

LA PUNTILLA

Pastora podía sentir la respiración agitada del que pudo ser su padre, su rostro acalorado, las venas del cuello resaltadas; contar aquella última y desesperada faena en las gradas le había devuelto la humillación y la ira. Pastora se conmovió con la transparencia de la pasión amorosa, y aunque le doliera la derrota de Lorenzo Garza, se sintió orgullosa de su madre; de su posibilidad de haber sido amada y ser objeto de discordia. También pensó que le gustaría que alguien se lanzara a la batalla por ella como lo hizo aquel torero por su madre. Hasta ahora no había conocido un amor así. Dudaba que existiera, pero Lorenzo le abría una rendija de esperanza.

Por eso cuando Pastora se percató de lo tarde que era y se apresuró a despedirse, no tuvo más remedio que mentir ante la pregunta tímida de Lorenzo Garza:

—¿Alguna vez me mencionó tu madre?

Pastora tomó su suéter y la bolsa.

—Sí —respondió. Qué caso tenía descorazonar a quien ya lo había sido en otro tiempo; para qué decirle que su madre no hablaba del pasado. Tal vez si lo hubiera hecho.

—Me alegro. ¿Quieres este recorte? —dijo mostrando aquella revista española de los treinta.

Observó el peinado ondulado que enmarcaba el rostro joven de su madre. Dudó, pero la mirada de Lorenzo y su emoción al contarle ese pasado la disuadieron.

—Es suficiente con lo que me ha contado… Lo atesoro.

Mientras caminaba calle abajo para alcanzar un taxi que la devolviera con sus hermanos, se sintió aligerada: no hubiera estado mal que aquel hombre fuera su padre. Aún vivía y lo habría disfrutado.

ARRASTRE LENTO

A los pocos meses del encuentro, en ese mismo 1963, aquel torero retirado, el único mexicano que cortó rabo en la Plaza de las Ventas en Madrid, leyó la esquela sobre la muerte de Pastora Ávila Martínez en un accidente automovilístico. La lloró por Conchita, por su rival y por él mismo, que no tuvo la fortuna de ser su padre.

THE GIRL FROM MEXICO

732 Rodeo Drive
Beverly Hills
Los Ángeles

A Lupe Vélez le encantaban las fiestas. Tal vez era una manera de sentirse querida, de que la alegría hiciera ruido para no pensar en los dolores del corazón, el trabajo duro y sostenido que la había llevado a vivir en aquella mansión californiana de Rodeo Drive. Descorrió las cortinas de su recámara y miró hacia el jardín: cómo le gustaba la palmera que lucía robusta en medio del prado. Repasó con la vista los setos de rosales, las azaleas apiñadas en una esquina, la enredadera que trepaba por el árbol, el tejado del garaje. Y todo eso era suyo: los dos mil metros cuadrados de jardín que nunca soñó tener su madre cuando sus cuatro hijas eran pequeñas y tuvieron que irse a la Ciudad de México. Solo había visto un prado semejante y más grande en la escuela de San Antonio. Le hacían gracia las monjas atravesando el jardín de *Our Lady of the Lake,* como puntos blancos y grises, conejos silvestres, como los que cazaba don Braulio y llevaba para que se guisaran en colorín y chile en la casa del general Jacobo Villalobos; su casa de San Luis Potosí. Tan lejana la infancia. Lupe pasó la mano por su vientre plano. No lo estaría por mucho tiempo, pensó, y la idea no le gustó. No le había agradado enterarse del embarazo; mucho menos a Harald que, cuando se lo contó en aquella cena en el Brown Derby, solo respondió: «Pues tendrás que dejar de fumar, linda». Ella reviró: «Y tú divorciarte. Porque es tuyo». Treinta y cuatro años o treinta y seis, con los dos años que tuvo que sumarse cuando llegó a trabajar a Estados Unidos, como quiera que se viese, ya era una edad pasadita para empezar a cuidar bebés. Se detuvo de la cornisa de la ventana; era el 13 de diciembre y, aunque con un día de retraso, ese día tenía fiesta.

—Celebraremos a la Virgencita de Guadalupe —le explicó a Edelmira un mes atrás, cuando lo empezó a planear.

—Me parece muy bien, ahora que estás descansada.

Efectivamente, después del trabajo en México no había aparecido nada para ella. La guerra ennegrecía el horizonte. Luego quiso cancelar aquel festejo absurdo cuando la menstruación se le atrasó y más aún cuando Harald se portó tan esquivo ante la noticia.

—Tuyo de ti. Tu sangre y mi sangre. Australiano y mexicana. Una chulada.

—Te aconsejo que dejes de beber —protestó él como respuesta.

Lupe no dejaría de beber, haría un jolgorio para que se bebiera el día y la noche entera. A quién le interesaba ser una madre soltera, una mujer sin marido; tener un hijo Vélez, para continuar la tradición de su madre que siguió con su apellido a pesar de estar casada.

—Consigue a la banda de Jeff —pidió a Edelmira dos meses atrás cuando desayunaban juntas en la veranda de la casa.

Edelmira era su amiga y agente, y de alguna manera quien se encargaba de animar a Lupe cuando estaba afligida, que no era seguido, aunque después del rompimiento con Arturo de Córdova ya no era la misma. Por eso secundó la idea de la fiesta, aceptó conseguir a los músicos y presumió el pozole que guisaría Rosita.

—No quiero una fiesta mexicana. Quiero que todos mis invitados puedan comer.

Pero la verdad era que a casa de Lupe iban los amigos sabedores de que la comida no era común y corriente, que allí se esmeraban en la sazón de un cabrito con guacamole, unas enchiladas verdes o un mole con todas las de la ley.

—Daremos otros platillos —se resignó Edelmira, sabía de todos modos que Lupe se desentendería de lo gastronómico, como siempre hacía, y que haría lo que le correspondía: escribir invitaciones, llamar a sus amigos, decidir el decorado, su vestido, y volver aquel grupo disímil un enjambre de parranderos atrapados por su energía, su chispa, sus respuestas inesperadas y hasta las canciones que acababa cantando sola o con quien se apuntaba.

Lupe dejó caer la cortina. Max entraba con el auto a casa, debía alistarse para ir a comprar flores frescas; en su casa nunca faltaban y no permitía que fuera tarea de Edelmira ni de Max, que lo mismo que tenía de guapo lo tenía de torpe al elegirlas. Tampoco dejaría ir a la hija de Rosita, que cuando veía a Max, con esa altura imponente, se turbaba toda y sería capaz de comprar las flores menos lucidoras, alelada como estaba con el chofer. Sí, Max era guapo, y ¿por qué no? A ella le gustaban los hombres altos y fornidos. Y si se trataba de pagar un sueldo, lo haría a quien le halagara la vista; si de paso se encelaban sus amores, qué bueno. De todos modos, después de Johnny ninguno se había mudado a casa. Miró el reloj, tomaría un café de prisa y después subiría a darse el baño. Sintió un leve mareo. Tenía dos meses de embarazo y aunque su cintura todavía era menuda, los vahídos en ayunas le recordaban su estado. Fiesta, fiesta, pensó para olvidar, mientras se ponía la bata y salía hacia la cocina.

LA LISTA DE INVITADOS

No iba a ser cualquier reunión, el champán estaría esperando a los invitados desde que pusieran el pie en la entrada, donde los meseros les extenderían una copa burbujeante. Lupe indicó a Edelmira cómo quería que aquello ocurriera.

—¿Hay suficientes copas? —preguntó.

Para treinta y seis invitados alcanzaban. Lupe había querido que asistiera el mismo número de personas que los años que decía tener.

—Luego serán todas tuyas —dijo a Edelmira, quien la miró severa—. No pienso hacer más fiestas… o serán fiestas infantiles.

Edelmira, que la conocía, notó la ironía de su comentario. Trató de decir algo pero Lupe desvió la conversación.

—Hoy es día de fiesta y no se habla de otra cosa. Pide mi almuerzo pues saldré de prisa, tú te quedas en el acomodo de mesas y la organización de los meseros. Aquí quiero que estén los músicos —señaló el fondo del salón—. Que Max revise todas las luces del jardín. También quiero que hagamos un camino de veladoras. Las compraré ahora que salgamos.

Un poco de fruta al inicio y un café salvaron la sensación de vacío y mareo de Lupe. Comió con avidez el panqué de plátano que hacía Rosita.

—Gary no ha confirmado —dijo Edelmira—. ¿Quieres que le llame otra vez o lo haces tú?

—No quiero que venga con la aburrida de su mujer…
y solo no vendrá. Lo sabemos, Edel.

—Tú insististe en invitarlo, siempre está pendiente de ti.

—No cualquiera se llama como la Virgen de Guadalupe.

Lo cierto era que deseaba que Gary se apersonara,
que estuviera en aquel día tan especial. Reunía a todos
sus afectos en aquella casa que él ayudó a que Lupe com-
prara. El Señor Ojos Dulces, el hombre más guapo que
ella alguna vez mirara. Debió haberse conformado con la
dicha de que la abrazara en el rodaje de *La canción del
lobo,* pero él también se entusiasmó; no era difícil que
sucediera, luego lo comprobó. Pero así chaparrita como
era, ojona e impertinente, el señor Cooper se enredó con
ella. Que si sus piernas, que si su voz, que si su boca roja,
que si su carácter desparpajado, que su gozo por la vida,
que su voluntad de trabajo, que sus caderas menudas y
sus respiros cuando la acariciaba. Gary Cooper la había
llevado a las alturas amorosas: qué iba a descender ella al
terreno de los mortales. Gary Cooper y Lupe Vélez. Corría la voz, corría el sexo, el whisky, el cine que mudaba
del silencio a las palabras, y Lupe, que tan pronto actuaba
con la mirada, o cantaba o bailaba.

—Qué buen inglés —le dijo Gary.

—Las mexicanas aprendemos desde chiquitas.

—Ya veo —la tomó por la cintura—. Muy bien que
aprenden.

Era pícaro y coqueto, un animal dulce y un hombre
que dejaba a las mujeres sin habla. Y había sido suyo nada
más poner un pie en Hollywood. Cuando la señora Josefina y su hermana Mercedes la visitaron no podían creer la
mansión que tenía.

—*Mr.* Cooper me ayudó.

—Pero *Mr.* Cooper es casado —advirtió doña Josefina, que era brava y sabía que su hija también—. ¿No te la va a quitar? —se atrevió.

—¿La casa? —rio Lupe—. No, se va a venir a vivir aquí.

Eso creía entonces, que Gary daría la vida por ella; ya lo había demostrado con ese gesto generoso de ayudarle a comprar la casa. Tres años después lo desmintió: no se casaron y se dejaron de ver. Demasiado ruido para los oídos de la esposa y la madre de Cooper, demasiada exigencia de la chaparrita para con el actor, que podía tener a modelos y actrices.

—Nunca te vas a separar de tu mujer. No tienes agallas —le dijo Lupe, resentida.

Firmó su condena: Gary seguía casado y los romances se le iban acumulando. El chismógrafo de Hollywood nunca paraba.

Cuando subió a tomar el baño lo tuvo claro, Gary no vendría.

ESPUMA EN EL BAÑO

La tina estaba lista. Mientras desayunaba, la hija de Rosita puso el agua a la temperatura que a ella le gustaba y con las sales de olor a jazmín que eran su placer. Vivía como una niña consentida, se dijo Lupe, pero su trabajo le había costado. Más aún, el cansancio la invadía aquel día, como si hubiera envejecido antes de tiempo. Cansancio en la piel, quiso explicarle Lupe, pero se lo calló. En la piel, se dijo deslizando la mano por su cuerpo entre la espuma que se retiraba silenciosa. El ventanal del baño llenaba de sol la tina y aquello era un gozo íntimo, aunque aquel día prefería no detenerse en el cuerpo, porque aquel dejaba de ser solo suyo cuando otro ya se envolvía en su propia carne dentro del vientre. Era demasiado fuerte pensar aquello, que el baño no era el rito solitario acostumbrado, que llevaba la responsabilidad de la criatura cuyo corazón ya latía y enviaba sangre a todo su pequeño cuerpecito. Cerró los ojos como si la alegría de la mañana la irritara. ¿Tendría la frente amplia de Harald o los ojos cargados de pestañas de ella? ¿Sería un hombre dispuesto a romperle el corazón a las mujeres que lo amaran, o una mujer que se entregaría estúpidamente a otros en cuerpo y alma? Que sea niño, pensó, y pasó el jabón por sus senos blancos. Crecerían y dolerían, como había dicho siempre su madre. Amamantar a cuatro niñas le costó rasgaduras en los pezones y un abultamiento del pecho que nunca volvió a su tamaño normal; tampoco ella. Para Lupe, su madre siempre fue una mujer voluminosa de cuyo tórax podían salir canciones poderosas. Mamá no pudo dedicarse al canto, pero yo sí; a mi manera, pensó, agobiada por lo que significaría una criatura pequeña no solo en el trastorno de su cuerpo sino en la demanda de atención, en el tiempo que habría que dedicarle. ¿Y quién va a trabajar para ello?, se dijo repasando con la esponja de mar las pantorrillas y los pies. El cansancio volvió como si hubiera subido cien montañas. Sabía trabajar; cuando su padre murió y ya no pudieron pagar más su educación en San Antonio, tuvieron que volver ella y su hermana Josefina a la capital. Vivir en el hotel Principal en el centro de la ciudad y caminar a la esquina de Madero y Bolívar para atender a quienes se mandaban a hacer esas camisas a la medida que el señor Luna confeccionaba, le había gustado mucho más que estar con las monjas. La ciudad era interesante, y ganar cincuenta pesos a la semana significaba un respiro para la familia. Allí fue cuando el mundo se le abrió ancho, como si de sus manos saliera el dinero, como si creciera, y sintió la certeza de que no moriría de hambre ni de aburrimiento. Por eso iba a las tandas del Principal en la misma calle del hotel; para eso servía ganar dinero, además de para comer y para las clases de baile. Ser bonita y graciosa también contaba. ¿Y si se hubiera quedado entre las monjas recibiendo una educación esmerada? ¿Habría encontrado un marido rico y bueno? Que no fuera niña la criatura, y menos con una buena figura y un talento. Que fuera hombre, guapo y listo, y que supiera darle compañía y paz a su mujer. No le molestó ser tiple a esa edad: le gustó mucho que la eligieran para *Rataplán* en el Lírico, para envidia de las otras chicas. Y aunque le falsificaron el acta de nacimiento para pasar al otro lado a trabajar, le encantó llegar a Los Ángeles a sus diecisiete años; entonces no sentía esa tensión de los músculos, esa soledad de la casa de los sueños sin familia.

Lupe sacó los pies de entre la espuma y miró el barniz bermellón; tendría que retocarlo para la noche. Le parecía cuesta arriba la fiesta. ¿Y si no salía de la tina? ¿Y si se dormía allí, entre lo tibio y aquel olor jabonoso? ¿Y si se olvidaba de Harald y el embarazo? ¿Harald vendría a la fiesta? ¿O sería capaz de alegar que merendaría con su mujer y sus hijos, y no tendría manera de escaparse a la mansión de Rodeo Drive de la mexicana Lupe, la graciosa Lupe, *the Latin Girl, the Spitfire*? Nada como la energía que la movía de joven, cuando Aurelio las visitaba en casa y entre sus hermanas, con mamá Josefina haciendo un ponche para todos, accedía a las súplicas: «Que imites a María Conesa», «que bailes como Celia Montalbán». Pedía el tubo de labios a su hermana, se pintaba un lunar en la mejilla con el lápiz de ojos de su madre, y entonces bailaba y cantaba hasta hacerlos morir de risa, y luego los halagos y los festejos y *métala a las clases de baile, doña Josefina, esta chica puede llegar alto.* Aurelio Campos tocando un día a la puerta de casa y diciendo que por favor la niña Lupe fuera con él, muy agitado, cargando el violín en su estuche, pues se había enterado de que estaban contratando muchachas para el nuevo espectáculo en el Regis. Como era parte de la orquesta, las Villalobos le creyeron y Lupe tomó su bolsita y salió con él de prisa para aquella audición donde los empresarios nada más ver sus imitaciones y su manera de cantar y bailar, olvidaron que era muy bajita de estatura y muy joven, y la contrataron. Sí, era muy joven entonces, pensó Lupe. Y quitarse el Villalobos no le aseguró una vida lejos de los peligros. Los del corazón, los menos factibles de capotear. Ya tocaban a la puerta del baño y la hija de Rosita le decía que Max esperaba para llevarla por las flores. Bendita muchacha, que la arrastraba fuera de sus pensamientos y la llevaba a vestirse de prisa, un pantalón ceñido, el suéter y el chaquetón verde, los zapatos bajos y la boina que ocultaba el pelo que aún necesitaba los artilugios de la peinadora. ¿Por qué no había pensado en invitar a Aurelio? Después de todo fue su mentor, su padrino en esta carrera que le permitía tener aquel clóset repleto. Le pediré a Edelmira que lo localice. Que le pida a mamá Josefina algún dato.

NARDOS Y ROSAS

Max arrancó mientras la hija de Rosita miraba salir el auto como si un dios helénico partiera para siempre de aquel paraíso.

—Ya volvemos —le dijo Lupe desde la ventanilla mientras la chica quedaba alelada.

¿Cuándo había sido la última vez que alguien le quitó el aliento de esa manera?

—Vamos al mercado, Max, quiero muchos nardos y crisantemos.

—¿Esta vez no va a comprar esas flores para los muertos? —dijo Max bromista por el espejo retrovisor del Lincoln.

Lupe siempre ponía un altar en casa y hacía una cena entre amigos pero este noviembre la tomó un tanto desprevenida intentando reunirse con Harald y dejó de respetar la tradición que hizo de su casa un centro de reunión para mexicanos braceros o aquellos que estaban sin documentos en el país de los sueños, gracias a quienes su jardín lucía espléndido y su comida era admiración de todos. Cuando encargó a Max que fuera por aquellas flores amarillas de cempasúchil y se lo apuntó después, no pudo acompañarlo: tenía cita con el doctor y no quería contarle a nadie. Le pidió que la dejara en el consultorio y lo mandó por las flores de muerto.

—No, Max, ahora vamos a honrar a la Virgencita de Guadalupe; tú no entenderás porque aquí no tienen santos ni vírgenes. *I am so sorry*. Pero hoy es día de mi santo.

Max la miró por el espejo de nuevo, le gustaba el humor de su patrona y que le dijera guapo y lo tratara con calidez. También le hacía gracia que sus amigos se burlaran creyendo que era el amante de la mexicana, o que su esposa se encelara.

—*Darling*, pero si conozco a todos sus amantes; peces gordos, no cualquier cosa.

Lo decía por Gary Cooper, por Johnny Weissmuller y Arturo de Córdova, por mencionar a algunos. Pero su mujer dejó de creerle cuando empezaron a publicarse algunas fotos de Lupe Vélez con Harald Ramond, un extra. Entonces volvió al ataque: «Un extra como tú, Max», lo cual le caló hondo. Por un lado no le daba orgullo la nueva relación de su patrona; por otro, él no era un extra sino un actor de reparto en la vida doméstica de la señora Lupe.

—¿Se siente bien? —preguntó Max al ver el semblante sombrío de Lupe.

—Me falta decorarme, mi querido Max. Necesito a mi maquillista.

Pero Max sabía que no se trataba de eso, la había visto muchas veces al natural y el brillo en la piel y los ojos de Lupe siempre eran extraordinarios. Él la conducía a los estudios Paramount y de regreso a casa, la conocía con el pelo relamido, como de nutria, y también con ojeras por el exceso de trabajo; mareada por el alcohol después de una cena, y agresiva y seca cuando el divorcio con el señor Weissmuller. Le dio la mano para que se apeara del auto y caminó a su lado entre los puestos de flores.

—Escoge tú, Max. Ya sabes lo que me gusta.

Conocía ese tono de derrota. Hacía algunos meses la había llevado de regreso a casa del estudio donde el señor Córdova filmaba una película; algo pasó en el camerino del mexicano pues tardó mucho en salir y cuando lo hizo iba sola. No se atrevió a preguntar si el señor Córdova los alcanzaría, pues Lupe le dijo que arrancara. Cuando llegaron a Rodeo Drive, le pidió que se tomara una copa con ella. Max sirvió dos vodkas y se sentó al lado de la señora en una de las rocas del jardín; el cielo estaba despejado y Lupe chocó el vaso con el de él.

—Max, tú que eres casado, ¿entiendes por qué un hombre enamora a una mujer a sabiendas de que no está dispuesto a dedicar su vida a ella?

—No todos los días se encuentra una mujer alegre y bonita como usted.

—Eso mismo digo yo —apuró Lupe un trago.

Max buscaba las palabras para consolar la desazón de su patrona. Sabía que estaba siendo testigo de la ruptura con el señor Arturo.

—Son tontos —fue ahora él quien chocó la copa. Estaba casado con una mujer amable y callada, era una buena madre y tenía la casa en orden. Una vida decente y aburrida, pensó, y no sabía qué sería de él si no fuera testigo de una vida ruidosa y festiva como la de la señora Lupe. Pero no quería líos: los había vivido, su madre se fugó con un amigo de la familia. Ya sabía que la infidelidad producía un hueco insalvable en el diafragma que enmudecía a los que lo poseían. No pensaba hacer sufrir a sus hijos ni a su mujer por más Katys y Lindas que se topara: un beso tal vez, una mirada, un baile en el Dusk, pero nada más.

—¿Por qué siempre sale con hombres casados? —dijo con un atrevimiento que el vodka le permitía.

—¿Hay otros, Max?

Max escogió los mazos de nardos, manojos de crisantemos blancos y unos claveles rosas mientras Lupe lo seguía como flotando entre aromas y frescura de pétalos, pero sin atender verdaderamente aquella faena que siempre le resultaba placentera.

—Faltan rosas, Max.

Nunca compraba rosas, sus admiradores eran quienes le regalaban esos ramos lujosos y espinudos. No quiso contravenirla.

—¿Está bien si son rojas?

—No. Amarillas. Muchas.

Cuando llegaron a casa, la hija de Rosita y Edelmira se apresuraron a ayudar. Edelmira tenía un recado para Lupe, que había llamado el señor John; no podría asistir a la fiesta. Ella pareció ignorar el recado.

—Max, deshoja cada una de las rosas en la alberca. Y después me dejan sola.

Lupe vio aquellos pétalos amarillos flotando en la superficie soleada del agua. Miró a su alrededor para asegurarse de haber sido escuchada y entonces se quitó los zapatos, el suéter y el pantalón, y en aquella ropa interior color champán que le regalara Arturo, o Gary —no, había sido Johnny—, se dejó caer sobre las flores que se apartaron de la inesperada sirena. El frescor la calmó mientras los pétalos se adherían a sus brazos y a su cabellera húmeda. Sí, había sido Johnny, su Tarzán, aquel dulce rumano con el que se casó: el único que compartió su cama con todas las de la ley, y que de la misma manera la había dejado.

EL REY DE LA SELVA

Había sido en aquella temporada de teatro en Nueva York, cuando al lado de Cole Porter se presentó en Broadway con *You Never Know*. Sí, uno nunca sabe, se dijo a sí misma tiempo después mientras firmaba el libro de bodas como Villalobos junto al Weissmuller; había usado su nombre de pila, y Johnny se rio: «Tan largo como el mío».

—Pero el tuyo no lo llevaba un general —presumió Lupe, cuyo padre, Jacobo, había combatido en la Revolución.

Nueva York le gustaba aunque ser una latina, como decían, en esa ciudad, no la distinguía igual que en Hollywood. Aquí las puertorriqueñas también bailaban y cantaban, la diferencia era que Lupe hablaba un inglés tan bueno como su español y podía exagerar su acento del sur de la frontera o esconderlo sin bordes; las monjas de San Antonio habían hecho una buena labor que los años en Los Ángeles continuaron. Pero las cosas no estaban para quedarse con los brazos cruzados en casa: su carrera languidecía, aún enfrentaba prejuicios.

Necesitaba aire y llevar el estelar junto a un músico tan notable como Cole era un honor. Vivía en el Plaza, paseaba por la Quinta, la Sexta y por el parque y le parecía que estaba en una de esas películas que viera pero en las que no había actuado. Le gustaba cómo vestían las mujeres y la elegancia de los hombres, poder caminar por las calles y olvidarse del Lincoln y de Max y de depender en todo momento de que alguien la llevara o la trajera. Nueva York tenía algo más cercano a la Ciudad de México: las calles, los taxis, comer en los cafés, los *hot dogs* en las esquinas. El teatro lleno a reventar y ella en el cartel y en los aplausos; el cine no permitía esa experiencia directa. Aquí eran los ojos, las risas y los susurros, y las flores al final. En el escenario, Lupe Vélez era una actriz de carne y hueso. Eso también fue lo que pensó cuando vio a Johnny en el elevador del hotel: espaldón, fornido y de mandíbula cuadrada, manos grandes, alto; carne y hueso que daban ganas de roer. Lo llamó a su cuarto: «Estoy un piso arriba de usted y aquí lo espero, soy Lupe Vélez», solo para que aquel grandulón se burlara, no sabía si de su inglés o de su deseo de verlo. A ella no le colgaban el teléfono, volvió a llamar para insultarlo en español: «Qué te crees, engreído, mejores han estado en mi cama, no soy una muerta de hambre, tú te lo pierdes, hijo de la gran puta». Al rato, aquel grandulón estaba llamando a la puerta como un cachorro dulce; se disculpó diciendo que creía que aquello era una broma hasta que averiguó que Lupe Vélez sí estaba en el hotel.

—Yo fui a la premiere de tu película, *Tarzán*.

Allí esperaba la botella de la cual Lupe se servía, pero Johnny no bebía y la acompañó con soda y hielos mientras dejaba que Lupe con sus lisonjas y atrevimientos lo sedujera lentamente, lo desnudara como si fuera un tesoro personal para acabar decidiendo días después que se quería casar con esa «chinampina mexicana». Al poco tiempo, el grandulón y la chaparrita firmaban en Nevada, se divertían en Los Ángeles, se amaban en Londres donde Johnny cayó por sorpresa mientras ella trabajaba. Qué escena de celos le montó Lupe. Cómo iba a creerle Lupe que semejante pedazo de carne no iba a ser el capricho de cuanta joven y no tan joven se le cruzara en el camino. Lo habían visto en taparrabos, intuían los arrumacos del hombre, su capacidad de nadar el cuerpo de la mujer, de sumergirse en su entraña, de recorrerlo líquido hasta hacerlo explotar en un triunfo olímpico. Como amante, Johnny seguía siendo ese gran nadador de impecable estilo, precisión, resistencia, y velocidad cuando era necesario. Los celos de Lupe eran proporcionales a su destreza amatoria. Johnny y el agua, Johnny y los perros, *Mr.* Kelly y *Mrs.* Murphy.

Los problemas empezaron desde que se instaló en casa: que si esos chihuahueños además de feos eran insoportables, que si el perico era un atentado al matrimonio pues gritaba «Gary» como un desesperado, que cuál era su lugar en esa mansión, además de la piscina. Por eso llegó un día con su propio perro, Otto; era demasiado vivir en la casa de Lupe con la servidumbre de Lupe, la decoración, las fiestas, la música, la comida de Lupe. Su gracia la salvaba, siempre lo hacía reír pero luego lo hacía rabiar. Lupe lo sabía, era capaz de sacar lo mejor de aquel nadador, ahora exitoso actor de cine, y lo peor: su ira. Si Johnny la hubiera acompañado de trago en trago en lugar de portarse tan rígido, tan sin comprender a su mexicana que no quería navegar en el *Allure* cuando él se iba con sus amigotes a echar carreras hasta la isla de Catalina. Se perdía de aquel trío de guapos navegantes: Humphrey Bogart y su *Santana*, Errol Flynn y su *Sirocco*.

Lupe salió del agua con pétalos adheridos, se puso la ropa encima del cuerpo mojado y entró a la casa. *Mrs.* Murphy y *Mr.* Kelly, sus pobres chihuahueños, habían muerto, ya no quedaba nada de su antigua compañía, y desde que Johnny le torció el cuello al perico no quiso más animales. «Sí», le dijo Lupe por puro despecho cuando regresó de una filmación: «Yo envenené a Otto», y Johnny fuera de sí tomó al insolente que convocaba a Gary, y con sus manazas le atenazó el cuello hasta que el animal cedió entre sus manos. Lupe gritó. Habían roto el límite. No era posible aquella vida de peleas y sin embargo ella hubiera querido que Johnny apareciera en la fiesta; no le importaba ya si lo hacía con la mujer quieta que eligió, esa Beryl Scott, riquilla y sedentaria. Pero había dejado un recado, que no podría, que la grabación, que blablablá. Solo lo volvió a ver una vez después del divorcio, comiendo con Ed Sullivan en el Toots Shor. «¿Conque te casas otra vez? De nuevo el infierno. Yo ya estuve allí», oyó decir a Ed. No era cierto, para Lupe el infierno había comenzado hacía muy poco, cuando entre los extras de la película en la que Arturo actuaba, sus ojos descubrieron a aquel austriaco vivaz, a aquel comparsa: Harald Ramond.

Una cosa era que Lupe viviera a gusto en su casa de Beverly Hills y que tuviera trabajo en Hollywood con el *Spanish Style* que le había gustado a Gary cuando los presentaron, y otra era que no quisiera que la invitaran a participar en una película mexicana. Por eso cuando Fernando de Fuentes la llamó para filmar *La Zandunga* no lo pensó demasiado: dijo sí, adiós a los encuentros con Tarzán y bienvenida la posibilidad de estar con su madre y sus hermanas. Un descanso de ese inglés con acento español exagerado, no más sombreritos cordobeses y faldas de lunares que hacían de ella una hispana, una latina, pero no lo que ella era: mexicana. No se equivocó en aquella decisión que la llevaría a vivir en su país unos meses, primero en la capital y luego en Oaxaca: lo confirmó cuando terminaron de colocarle el resplandor, aquella toca que le caía sobre el pelo y dejaba descubierta la cara, ese vestuario de las istmeñas que hacía lucir el rostro como enmarcado por un olán; por algo se llamaba resplandor, hacía las veces de rayos de luz. No se equivocó en aceptar aquel trabajo que aunque no pagara igual en dólares la llevaba a la comodidad de su castellano nativo, al elogio por aquellas facciones donde resaltaban sus ojos grandes y oscuros con esa cortina de pestañas y los pómulos clásicos. No se equivocó cuando en aquella reunión el señor De Fuentes presentó a los estelares y conoció a Arturo de Córdova, con el que compartiría cartelera.

—No tengo remedio —dijo al volver a casa de su madre aquella noche, mientras merendaban tamales.

—Hija, aprovecha y come todos los que quieras —doña Josefina pensaba que se refería al platillo que tanto le gustaba y que no comía fácilmente en su mansión estadounidense.

—No se refiere a eso, mamá —corrigió Mercedes, que había ido por ella a los Estudios Churubusco.

—Es guapo y atento, y mexicano —se defendió Lupe.

—El señor Arturo de Córdova, mamá. Actúa en la película —explicó la hermana.

Lupe le dio una mordida al tamal verde y sus ojos brillaron de gusto.

—Está buenísimo… el tamal.

Las hermanas rieron, pero doña Josefina se puso seria.

—Hijita, ya has dado mucho de qué hablar con Johnny.

—No se ponga seria, mamá, que vine a estar con usted.

—Y con el señor Córdova —murmuró Mercedes por lo bajo.

Lupe estaba de buen humor, no recordaba qué era estar en familia. Hacía mucho que Mercedes y su madre la habían ido a visitar y se quedaron casi un mes en la casa, las disfrutó por más patrona que fuera de esa mansión y tuviera que estar entrando y saliendo por el trabajo. Pero aquello, filmar en México, estar con los suyos, le pareció justo la vacación que necesitaba. A lo mejor por eso miró con tan buenos ojos a Arturo, por eso y porque para variar tenía el porte que le gustaba.

—Chaparrita suertuda —le decía el vestuarista.

Y sí, para su casi metro y medio de estatura, lo suyo era mirar para arriba, como decía la canción; Arturo estaba en ese rango de hombre apuesto, y como tal, casado.

—¿Cuál suertuda? —le dijo a Manlio mientras él le colocaba la falda y ponía alfileres para corregir la pretina—. Tiene dueña.

—Pues yo veo suficiente para compartir.

No solo Manlio notaba las miradas de Arturo a la chaparrita y sus atenciones después de la jornada de grabación: en los camerinos, en el foro corría el rumor del nuevo romance de Lupe Vélez, y Lupe se dejó querer. ¿Por qué no? Total, se iba a regresar a su casa en Estados Unidos, así que el amorío podía durar lo que el rodaje de *La Zandunga*. Como si ella no tuviera experiencia en decir adiós, en estar con hombres casados; solo que no había probado el producto nacional, el arrojo, aquel trato que se le daba a las mujeres, el piropeo, las bromas; porque cada cual se ríe mejor en su lengua, los elogios son caricias en español. «Qué deliciosa estás, chaparrita. Caramelo, pedacito de cielo, reina, chula». Eso de chula le gustaba, sobre todo cuando Arturo se le acercaba por detrás y con un dejo travieso le susurraba: «Está usted rechula, ¿me permite que la visite esta noche?». Lupe y Arturo alquilaron un cuarto en el hotel Palacio, ella explicó a la familia que la producción contemplaba ese hospedaje para que pudiera descansar de sus rigurosos horarios de filmación. Pero lo que menos quería era reposo, gozaba el desparpajo del yucateco para amarla: le gustaba que la bañara en la tina como si fuera una niña. Arturo la contemplaba goloso; no podía creer lo bien formada que estaba aquella mujer de estatura pequeña.

—¿Quién hubiera dicho que un día iba a conocer a Lupe Vélez?

—No seas adulador —se molestaba Lupe, amodorrada en la cama después del amor.

—Te vi con el Gordo y el Flaco; me divertías. Me gustaba que hicieras reír y no fueras una clásica mujer fatal.

—Pues déjame desilusionarte: soy una mujer fatal.

—No me importan tus romances anteriores.

—Pero a mí sí —se burlaba Lupe.

—Ya sé que Gary fue hasta el nombre de tu perico.

—Ni me lo recuerdes.

—¿Le pondrás Arturito al próximo?

—¿Y si le retuercen el pescuezo?

Arturo ya comenzaba a recorrer sus piernas a mordidas suaves; Lupe se desmadejaba complacida en la almohada. Volvían al retozo y acababan exhaustos, los cuerpos enredados en el sueño, hasta que Arturo se daba cuenta de lo tarde que era y se vestía de prisa para irse a casa. Lupe apenas abría los ojos, fatigada como estaba; hasta el día siguiente en el set le reclamaba:

—A mí no me dejas así como si fuera una puta. O eres mío, o eres mío.

Entonces venía el ayuno y Lupe se iba a dormir a casa de su madre y no aceptaba las flores que mandaba el señor Córdova, a pesar de los *ándale m'ijita, mira qué bonitas*, de doña Josefina. No era suficiente, Lupe intuía que ya se había complicado la vida de nuevo. Cada reconciliación era mejor que la anterior: se divertían más, se gozaban más y se enamoraban. Cuando acabó el trabajo, por más que Lupe intentó prolongar su estancia, Arturo no encontraba pretextos para pasar tanto tiempo con ella. Se citaron por última vez en el Palacio, dejarían el cuarto. Lupe tenía decidido que cuando pasara eso, volvería de inmediato a casa; no podía soportar la Ciudad de México sin las citas a horas diversas con Arturo. Ya no le era suficiente estar en familia; le interesaban los brazos de ese hombre.

—Vente conmigo —le dijo Lupe.

—Consígueme trabajo.

—Si lo hago, te quedas conmigo.

Y Lupe lo hizo un tiempo después; Arturo fue llamado a una audición para participar en *Por quién doblan las campanas*. No sabía que ella no se refería a su estancia durante la filmación, hablaba de una vida. Y aunque tuvo claro que compartiría los créditos nada más y nada menos que con Gary Cooper, pudo más su ambición y su deseo de estar con su novia que el prurito de que dos amores de Lupe se juntaran en la misma película. No era cualquier filme, estaba basado en la novela de Hemingway, uno de los escritores más leídos y respetados en ese momento; él mismo lo había leído. Tampoco la cercanía con Gary era solo en el set, vivía muy cerca de Lupe y de cuando en cuando a Arturo le daban celos para agrado de la mexicana, que ya quería que se quedara allí.

—Quédate en Hollywood —le decía mientras bebían al borde de la alberca en aquellas noches de junio—. Tú sabes que te va a ir bien. No falta trabajo; ya se calmaron los ánimos de la persecución a los comunistas.

—Es más fácil que tú vuelvas a México a estelarizar alguna película.

Lupe ya había ido varias veces a la Ciudad de México, aceptando invitaciones o con el pretexto de ver a su familia.

—No es cosa fácil llegar a filmar con Gary en la MGM. No te van a soltar fácilmente.

—¿Ellos o tú?

Tenía razón Arturo, Lupe miraba el lento atardecer de verano: era ella la que no quería soltarlo. Ya tenía treinta y tres años; ya quería que un hombre se quedara para siempre a su lado.

—Yo ya cumplí con mi promesa de conseguirte algo aquí. Falta que tú cumplas la tuya.

Lupe le subía los pies al regazo mimosa.

—Tú hablas español, eres actor, amoroso, guapo, ¿por qué te voy a soltar?

—No me sueltes —suplicaba Arturo mientras Lupe lo jalaba hacia su habitación.

Pero eran palabras, las mismas frases entusiastas de otros. Unos días después, a pesar de que ella le advirtió que si se iba no volvería a poner un pie en la casa, Arturo salía hacia la cochera con su maleta. Lupe gritó a Max desde la ventana que no se le ocurriera llevarlo al aeropuerto, pero acabó sentada dentro del auto, recargada en el pecho de aquel hombre afable, pensando que se le iba un pedazo de vida.

—¿Por qué no te quedas? —todavía preguntaba melosa en el aeropuerto.

—Tú sabes las razones, Lupita.

—Qué Lupita ni qué nada. Lupe, a secas.

—Qué más quisiera yo.

—Pura baba de perico, a ver, dile a la bruja de tu mujer que te consiga un papel en alguna película a lo grande…

Era 1943, casi cuatro años de ires y venires, pero esta vez la ira de Lupe no permitió el beso cariñoso de despedida, el pellizco juguetón, el *me las cuidas* de Arturo al mirar las piernas torneadas de la actriz. Cuando se subió al coche con Max para volver a casa, cambió de opinión: «Llévame a Long Beach, necesito ver el mar».

EL EXTRA

Edelmira se había encargado de que el vestido estuviera planchado. Los zapatos color uva, impecables. La peinadora dejó lista a Lupe y salió de su habitación; la actriz pidió que enviara a Max. Era hora de vestirse, los primeros invitados comenzarían a llegar. Los meseros estaban a cargo del ama de llaves; la música era asunto de Edel. Max llamó a la puerta y desde el espejo, Lupe que se retocaba las espesas pestañas, le indicó que pasara.

—Max, quiero los claveles en mi cuarto.

—¿Todos? —preguntó intrigado.

—Distribuidos en muchos floreros. No quiero dormir sin la compañía de algo hermoso.

Mientras Max salía, alcanzó a decirle:

—Y algunas veladoras… para mi virgencita.

La fiesta comenzó a tomar su temperatura cuando la banda tocaba *Stella by Starlight;* habían circulado algunos martinis, *bourbon* y cerveza. La luz desde el jardín invitaba a mirar el verdor, pero el fresco de la noche mantuvo a todos puertas adentro. Acudieron Ramón Novarro, Lili Damita, Gilbert Roland, Estelle Taylor, pero Gary, aunque vecino, no apareció. Johnny se había disculpado. Arturo con evasivas dijo que trataría, aunque la reciente relación de Lupe con Harald lo incomodaba. Y Harald, como bien intuía Lupe desde que despertó aquel 13 de diciembre, no iría ni se disculparía, no mandaría un regalo ni tendría un gesto atento para la mujer que llevaba a un hijo suyo. No quería complicaciones, estaba claro. Tampoco quería un hijo más, le resultó evidente a Lupe, le gustaba pasarla bien. Ya alguien se lo había advertido: «Es un vividor. Cuida tu dinero». Mientras bebía el tercer martini y veía a Edel bailar con uno de los invitados, pensó que lo que no cuidaba nunca era su corazón, un corazón deshilachado que ahora latía acompañando al del crío que cargaba en ese cuerpo pequeño, deseado, acariciado, usado. Estaba cansada. Se sintió mareada. *Cry me a river.* ¿Por qué no tocaban algo alegre? Una cancioncita mexicana. Ya había cantado antes, y por alguna razón estas canciones más desgarradas, más oscuras, hacían que los demás se olvidaran de Lupe. Por eso pudo salir al jardín y contemplar las estrellas. Se despedía de ellas. Mientras subía las escaleras decía adiós a la música que iba apagándose a sus espaldas; al cerrar la habitación dejó afuera a todos sus afectos y sus conocidos. Cuando se quitó los zapatos uva a la orilla de la cama contempló los pies que la habían llevado de acá para allá, y pensó que ya era justo que les diera descanso. Mientras abría el frasco de seconal y apuraba una pastilla tras otra, recordó que había olvidado algo: las palabras que explicaban su partida; por lo menos le harían bien a su madre. Todavía tuvo la lucidez de reclamar a Harald por escrito su negativa a ser el padre de aquella criatura, su despecho por no quererla. Luego pensó, pero ya no tuvo la fuerza de escribirlo, que era un extra en su vida, alguien que está de más; qué ironía que llevara un hijo de él, que el que estuviera de más fuera una criatura inocente.

Encendió una a una las veladoras junto a la virgen, se persignó y se miró en el espejo por última vez; no quería lucir mal en su muerte. Sintió el mareo y estuvo a punto de desmayarse, pero alcanzó a acostarse en su cama, rodeada de claveles y de aquella luz parpadeante que se debilitaba lentamente. Entonces escuchó su risa de niña y se vio entre sus hermanas mientras imitaba a María Conesa. Bravo, Lupe, bravo.

LA VIDA FEROZ

Guanajuato 40-5
Colonia Roma
Ciudad de México

La tarde fresca y transparente no daba cuenta de la tragedia que Manuel Rodríguez Lozano aún desconocía. Siempre que regresaba de la Dirección de Dibujos y Trabajos Manuales procuraba hacerlo a pie. Le gustaba dar clases: estar con jóvenes artistas era muy gratificante, y detectar quién tenía un don especial para el dibujo; emocionarse al ver el trazo de una naturaleza muerta, o de aquel cuerpo que posaba para ellos. No podía alabar demasiado a quien descollaba, todos merecían la misma oportunidad, pero Rodríguez Lozano sabía quién era talentoso. También estaba seguro de que no bastaba ese privilegio natural del ojo y la mano, esa conexión entre lo racional y la sensibilidad para que se diera el artista: había mucho trabajo detrás. Fito Best Maugard le heredó su clase y lo agradecía.

La calle de Guanajuato estaba lejos de Donceles, pero le hacía bien estirar las piernas, mover el cuerpo; aún sentía el peso de la resaca de la noche anterior. El Warner y los chicos. Raoul Fournier tan simpático, Abraham un tanto apagado, era cierto, Julio ocurrente. Fue tarde cuando advirtió que Abraham Ángel ya no estaba en la mesa. Se perdió en la conversación con Julio, que si la pintura mexicana no solo eran aquellos murales sobre la historia, que si era necesario acabar con el academicismo que defendía Ramos Martínez, que si el individuo, que si lo colectivo, que cuidado con la pintura para turistas. Y Diego y Siqueiros tan a la cabeza. Manuel habló de su estancia en París, apenas hacía tres años de su regreso.

—Te marca —le explicaba a Julio—. Hablar con Picasso o con Braque no te deja indiferente: ven de otro modo. Todos queremos ver de otro modo; una guerra mundial nos obliga a ello. Demasiada destrucción. El arte, como espiga, alimenta.

Julio era descabelladamente inteligente y de aspecto agradable. No un guapo salvaje como Abraham, pero su educación más refinada hacía que la conversación fluyera con naturalidad. ¿A qué horas había salido Abraham del lugar? Tampoco estaba Fournier; se estrenaba como médico y no debía desvelarse demasiado. Así era siempre y lo entendía, alguien debía tener los pies sobre la tierra. No recordaba con precisión en qué momento Julio Castellanos y él se quedaron solos.

Pasó por la Alameda, entre el frescor de los árboles. Octubre era un mes benévolo en la Ciudad de México; en días así se antojaba unirse a los que pintaban al aire libre en los canales, se imaginó con su caballete en el mismo parque. Pero aquella era una propuesta rancia: pertenecía al siglo pasado y con trabajos lo estaban dejando atrás, con don Porfirio y todo; trataban de ser modernos, algunos por lo menos. Prefería distraerse con los que cruzaban el parque, con las hortensias y sus borbotones azules y lilas en las jardineras. Cuando regresó a la casa la noche anterior, apenas se asomó por una rendija a la habitación donde dormía Abraham, para cerciorarse de que estaba allí. Sobre la almohada reposaba su rostro inconfundible; el pelo crespo y abundante, la boca carnosa que le había gustado desde el principio. Era un niño caprichoso. Apenas tiene veinte años, se dijo. ¿Qué esperaba Abraham? ¿Que no tuviera otras amistades? Era maestro. El propio Abraham era discípulo de Fito, quien los presentó en aquella reunión; maestros y alumnos convivían. Ya había intentado tranquilizarlo cuando inició una perorata de celos frente a Juanito de la Cabada y Fito, que solían visitarlos desde los tiempos en que vivían en aquel cuarto en Bucareli. Que si Julio le parecía más interesante, que ya no lo atendía como antes, que si Julio se vestía mejor, que si con Julio sí se sentía a gusto y no tenía que disfrazarlo como a él, Abraham Ángel, con su trajecito de gaucho para engañar a todos sobre su origen, decir que era porteño, un argentino, que había llegado quién sabe cuándo para no explicar que la familia vivía en la calle de Mina, que el padre los había dejado, que todos eran unos muertos de hambre menos su hermano Adolfo, para que no pareciera que se lo había robado a sus diecisiete años y la policía lo buscara. «Ya calla —le dijo Manuel—, me estás volviendo loco. Me están dando ganas de que te vayas de una vez por todas. Y si tanto insistes, será Julio quien viva conmigo». Luego se pedirían perdón, se jurarían amor y acabarían en caricias frenéticas en la cama grande de Manuel. En cuanto notaban ese llanto contenido de Abraham, Fito y Juan se despedían; al acompañarlos Manuel escaleras abajo, intentaban decirle que tuviera más cautela con el alma de aquel muchacho inseguro; que él era un pintor talentoso, no cualquier mancebo. Respetaban su trabajo, insistían. Y sí, le tenían cariño, eran de los pocos que los visitaban en aquel cuarto que era recámara, comedor y sala, en aquel nido de amor inicial. Reconciliarse parecía ser el banquete; Manuel sospechaba que ese día podía ser igual.

—¿Me quieres? —preguntaba Abraham desesperado, mientras dejaba que Manuel acariciara su miembro.

Manuel lo callaba a besos, a mordidas en el cuello, succionándolo, volteándolo contra la pared y penetrándolo.

—¿Tú qué crees? —terminaba jadeante.

Había que explicarle muchas veces que el deseo y la ternura estaban muy cerca, que la pasión no se podía domesticar y que el mundo de Manuel era más ancho, más necesitado de otros. Él debía ser quien padeciera los celos que nublaban a Abraham, pues aquel era carne joven, ingenuidad plástica, un animal hermoso y tímido; alguien que cualquiera desearía seducir, pero le era fiel. Ya Raoul se lo había dicho otras veces: «Tienes una joyita, no la descuides».

PINTAR BAJO EL VOLCÁN

Fueron muy felices el año anterior en aquellos días de Cuernavaca, esos meses en que se encerraron a pintar, pintar y amarse, y claro, beber y estar, y que Manuel solo le perteneciera a aquel chico que estrenaba su talento y su sexualidad furiosa. La casa tenía un jardín grande que daba a un apantle a cuya vera se sentaban por las tardes, cansados del trabajo frente a los lienzos, para reposar antes de salir por las calles del centro de Cuernavaca. Abraham intentaba sus retratos pueblerinos, Manuel sus figuras engarzadas. Habían tomado esa decisión súbita porque Manuel tenía un dinero de la venta de algunos cuadros y era un buen momento para retirarse a trabajar bajo el volcán. Convenía ese pueblo floreado y quieto;

Manuel acababa de salir de la pulmonía que lo tumbó en cama y Abraham, recién mudado al departamento de Bucareli, no dejó de atenderlo día y noche.

—No me digas maestro, Abraham, me siento un viejo; un viejo maloso que se lleva a casa al más joven de la colonia. Y solo soy diez años mayor que tú.

Abraham había visto al maestro caminando por la calle de Mina, un hombre muy distinguido, alto, elegante; se sonrieron con cierta curiosidad. Los chicos se burlaron de él: «Parece tu abuelito», «Serás puto». Hasta entonces Abraham intentaba disimular su deseo por los hombres, la manera en que lo torturaban sus cuerpos, sus miradas; no lo había dicho a nadie, en casa habría una revolución. Su hermano Adolfo debió notar algo cuando insistió en que se saliera de las clases de dibujo y entrara a trabajar con él a la Compañía de Luz. «Te vas a morir de hambre como artista. Además son muy raritos todos». Se salió con la suya y lo llevó a unas oficinas inhóspitas donde debía cotejar números. Cuando se aburría acababa haciendo esbozos de los perfiles de los otros trabajadores con quienes compartía el espacio: los dibujaba de espaldas, nuca, orejas y cabeza; de perfil, labios, mentón y nariz, o solo las manos sobre el escritorio. Adolfo pasaba de cuando en cuando para supervisar el trabajo de Abraham, que no ocultaba sus dibujos; no quería seguir allí, no le importaba si metía en problemas a su hermano.

—Me van a correr, Abraham, crees que a cualquiera le dan trabajo con sueldo y consideraciones, y menos a los dieciséis años. Deja tus babosadas.

Sin mirarlo siquiera, Abraham seguía detallando el perfil del contador. Adolfo miraba el parecido pero no quería admitirlo, desesperado insistía:

—Bien sabes que mi sueldo es el que mantiene a nuestra madre y hermanos.

Pero Abraham no estaba para conmiseraciones, se sentía enjaulado, evocaba la luz de los salones de clase y los pasos del maestro Fito revisando cada uno de los trabajos de los alumnos. Extrañaba mirar a placer el cuerpo desnudo del chico que posaba para ellos. Tuvo que ser más brutal para que Adolfo entendiera que él no podía estar allí, que quería volver a la escuela, que solo servía para dibujar y pintar. Un día se acercó al escritorio del contador y acarició su nuca; el hombre se sobresaltó. Era muy feo y muy formal, sin embargo no protestó. Abraham se sintió incómodo: había querido violentarlo, que se quejara con Adolfo de las mariconerías de su hermano, pero en cambio miró a los lados y viéndose solo le apresó la mano y la llevó a sus labios; la besó con lametones ansiosos. Abraham se alarmó por la situación inesperada; ahora el contador recargaba su cabeza hacia atrás, pegándola al vientre de Abraham por encima del respaldo de la silla, intentando frotar su sexo con la mollera calva.

—Está usted confundido —dijo Abraham y volvió asustado a su escritorio.

Pero el contador no estaba dispuesto a parar: lo siguió, tomó su rostro entre las manos e intentó besarlo. Abraham lo empujó, le daba repulsión aquel hombre.

—He visto tus dibujos en el escritorio, tu obsesión por mí. No tienes nada que temer, no le diremos a tu hermano.

Nada de eso quería Abraham. Aquel infierno podía ser todavía peor, con ese hombre reprimido que había encontrado una horma para sus deseos; no lo podía permitir. Pero ya embestía de nuevo el contador cuando la puerta de la oficina se abrió y Adolfo apareció para su ronda habitual de supervisión al hermano menor. La tensión crispó el aire; Abraham se arriesgó.

—Quiso besarme, no puedo seguir un minuto más aquí —protestó.

Adolfo los miró paralizado, los dos cuerpos muy cerca; tomado por sorpresa no supo qué responder. El contador se adelantó.

—Mire usted, señor Card, su hermano está obsesionado conmigo; le he dicho que esto no puede ser, pero estoy dispuesto a seguir trabajando con él siempre y cuando me ofrezca una disculpa.

Adolfo miraba a ambos:

—¿Una disculpa? —preguntó a su hermano.

—Por haberse insinuado, acariciándome el cuello, mientras yo estaba concentrado en la nómina —arremetió el contador.

—¿Es verdad? —preguntó a su hermano.

Abraham admitió la verdad. No estaba dispuesto a quedarse allí, que pensara su hermano lo que quisiera; sus propósitos habían sido otros.

—No se preocupe, señor Card, yo sabré tratar este delicado asunto y hacer entrar a su hermano en razón —insistió el hombre.

Entonces Abraham tomó uno de los dibujos sobre su escritorio y lo besó exageradamente.

—No podré resistirlo —mintió.

Así volvió a la escuela; en la casa, su hermano no le dirigía la palabra ni le daba dinero para material, era su madre quien se comedía a ello pues reconocía la vocación del chico y también la necesidad de protegerlo de Adolfo, tan rígido como su esposo. Para un minero no quedaba otra posibilidad: se necesitaba temple de acero y así lo había aceptado ella. El padre era un hombre fuerte, blanco y chapeado y corto de palabras; ella mulata, él escocés y en Mineral del Oro procrearon a esos hijos, pero luego sola, tuvo que ceder el mando al mayor. Se necesitaba a un hombre en casa, aunque los demás lo padecieran. Adolfo observaba a Abraham, estaba atento a lo que decían de su hermano en las calles, pero no quería saber nada de sus avances en el dibujo. Quería a un hombre como él mismo en casa, por eso cuando las habladurías lo alcanzaron, lo amenazó.

Abraham había seguido topándose con el maestro en la calle. Rodríguez Lozano lo saludaba con un gesto del sombrero; también lo vio en los pasillos de la escuela pero no se atrevió a dar un paso adelante. Sabía que recién regresaba de Europa y que estuvo casado con una mujer muy bella. Y loca, decían algunos, pero Abraham confiaba en su corazonada y notaba en los saludos del pintor una coquetería elegante, no aquella vulgar del tendero Tomás, que lo metió a la bodega para manosearlo y besarlo.

—Cuidadito y hablas, porque las nenas no andan acusando —le advirtió cuando llamaron al mostrador.

Abraham no iba a decir nada, porque aunque le molestaron las maneras bruscas y el olor del tendero, sintió placer cuando lo hizo poner su mano en el bulto de la bragueta. Saber que excitaba a un hombre lo asombró y afirmó su deseo de calarse con uno, pero no con cualquiera: desde que vio al maestro pensó que él merecía lo mejor, y empezó a desear un encuentro más cercano, que alguien los presentara. Por eso aceptó ir a aquella reunión de pintores a donde su maestro Best Maugard le dijo que podía entrar para escuchar la discusión y firmar aquella *protesta* de los pintores revolucionarios contra el academicismo: querían romper con las rigideces clásicas. Cuando terminó la sesión, Abraham notó la mirada insistente de Manuel sobre él, luego los pasos que se dirigían hacia donde estaba; luego la voz.

—No lo conozco, pero lo he visto en la calle. Me sorprende que tan joven participe en estas reuniones.

—Fue una invitación del maestro Best Maugard —bajó la cabeza intimidado—. Parece que aprecia mi trabajo.

—Si es así, me gustaría verlo —adelantó Manuel.

Abraham sentía las sienes retumbarle: el porte distinguido de Manuel, sus ojos decididos, esos pómulos que hacían fino y vivaz su rostro lo exaltaron. Su estilo directo también.

—Cuando usted diga, maestro.

—Manuel, llámame así. ¿Tu nombre es…?

—Abraham Ángel Card.

—¿Extranjero?

—No… mi padre sí.

—Te espero en mi estudio en Bucareli con tus dibujos, el viernes a las cinco. ¿Te parece?

Y extendió una mano larga que Abraham sintió como un metal candente entre sus palmas; luego se dio la vuelta y como si él no existiera, se puso a conversar con los pintores que allí estaban. Abraham no creía lo que acababa de ocurrir, tampoco le importó ese desdén que siguió a su invitación, estaría allí el viernes. Ya por salir del salón, volteó hacia donde estaba Manuel; conversaba con Best Maugard. Como si hablaran de él, ambos lo buscaron con la mirada. Abraham solo bajó la cabeza en señal de despedida y salió exultante.

LA HIJA DEL GENERAL

Manuel tomó por la avenida Reforma, cuyo señorío le traía recuerdos de París. Dilataba el regreso a casa, pues sabía que debía enfrentar la escapada de Abraham del bar la noche anterior, y sobre todo su desatención: no haberlo notado siquiera. Se sentó en una de las bancas, perder el tiempo en discusiones le molestaba cuando se trataba de lo sentimental. Reforma, tan porfiriana; París y las discusiones. Ya las había vivido con su mujer, ocho años en Europa fueron un privilegio y una deuda. Le gustaba la vida holgada que le permitió su cargo diplomático mientras Victoriano Huerta fue presidente, aunque al poco de residir en la capital francesa no estaba seguro de que fuera bueno aceptar los favores de su suegro, un alto oficial golpista. Allí estaba Carmen con sus reproches para recordarle que la transacción no era tersa, tan solo conveniente. Como ahora, entonces convenía llegar tarde a casa después del trabajo, o perderse en las reuniones a las que Carmen lo acompañaba, entretenerse por separado, conversar con otros diplomáticos o con los artistas que ya le habían presentado: Dalí, un arrogante, pero sin duda interesante por sus propuestas a contrapelo del tono más español de Picasso; Matisse y Braque, y si hubiera hablado inglés seguramente habría conversado con el poeta Ezra Pound, pero sabía francés y los ingleses apenas lo balbuceaban. Se miró los zapatos polvosos y sacó el pañuelo perfumado de azahar para limpiarlos. Le gustaba poner esencia en su pañuelo, la misma desde que era cadete en el Colegio Militar. ¿Cómo pudo aguantar ocho años al lado de aquella mujer de ojos felinos? Era bella sin duda. Cuando la conoció en aquel baile del Colegio y el general Manuel Mondragón, su padre, se la presentó, la contempló como se mira a un espécimen exótico, casi irreal. ¿De dónde sacaba esos ojos Carmen? Y esa manera terrible de mirarlo, como entrando bajo su piel, como poseyendo su lengua, sus músculos; él, que no había sido seducido por ninguna mujer, perdió la voluntad frente a esa criatura de belleza inusual. El general lo notó y procuró algunas veladas en la casa de los Mondragón en Tacubaya para que tuvieran oportunidad los jóvenes de conocerse, dijo, aunque Manuel desconocía las verdaderas razones detrás del trato del general.

—Sé que le gusta el dibujo —dijo Carmen desde sus ojos oliva—. ¿Por qué no me dibuja?

Empezó a acudir para retratar a Carmen en su casa en sesiones impulsadas por el general, quien decía que era muy curioso que ellos dos llevaran el mismo nombre, que eso presagiaba la misma pasión por ella. Aquel comentario desconcertó a Manuel que poco a poco notó cómo, de entre todos los hijos, Carmen era la preferida del padre, la miraba azorado de tener una belleza tan espectacular en casa; la madre, Mercedes Valseca, poco hablaba, y Manuel fue dejándose envolver por aquel asombro del padre con su hija y de la hija por el padre sin entender cuál era su papel, hasta que un día lo llamó el general a su oficina en el Colegio Militar.

—No querrá ser un cadete toda la vida, ¿verdad?

Manuel contemplaba aquella oficina ordenada y sobria donde lucía un fusil en una vitrina.

—Es el Mondragón —dijo orgulloso—. Permite sesenta disparos por minuto y carga ocho cartuchos.

—Había escuchado hablar de su invento, general.

—Pues lo tienes delante. Pero como no te veo aptitudes ni para la invención de armas ni para la estrategia militar, te tengo una propuesta.

Allí fue cuando el general le dijo que había visto sus atenciones para con su pequeña Carmen, quien tenía un carácter explosivo y veleidoso pero era divertida, original y sobre todo muy bella, y que estaría más que contento de que la desposara. Manuel carraspeó descolocado por la claridad de la propuesta. Apenas había cumplido dieciocho años, no estaba todavía en sus planes asumir tal compromiso y a decir verdad, aún no besaba siquiera a aquella muchacha cuyo padre ahora la ofrecía.

—General, yo…

Lo interrumpió antes de que refutara su idea.

—He pensado que le podría ofrecer un cargo en la embajada de París, ya sabe que el presidente Huerta me debe algún favor; no en vano desde la Ciudadela lanzamos el primer cañonazo contra Madero y vencimos. Este es un trato entre vencedores. ¿O no le parece una victoria casarse con mi hija? Comprenda que yo no aceptaría a cualquiera.

La boda fue en agosto de 1913 y al poco partieron a París. No pasó mucho tiempo para que Carmen se quejara de las rápidas visitas a su cuerpo, de la manera mecánica en que la tocaba; Manuel encontró el modo de zafarse, un recurso zafio sin duda pero que lo libraba de sus desempeños sexuales con ella.

—Tú ya has probado caricias de hombre, si no, no harías estos reclamos. ¿Quién estuvo en tu cuerpo? ¿No me vas a decir?

Pero Carmen callaba, y ese silencio le daba a Manuel el pretexto para el enojo y para castigarla con su desdén. Muy poco después de llegar a París, dejó de cumplirle como marido; ella, rencorosa, se encerró en un mutismo hostil. Por eso cuando le dijo que estaba embarazada y contaron los meses en que nacería el crío, Manuel comprendió que el hijo no era suyo.

—Eres una cualquiera —espetó y encontró el pretexto definitivo para no tener que atender los caprichos de su cuerpo.

EL CUENTO DEL PORTEÑO

Después de la segunda visita al maestro Rodríguez Lozano, Abraham aceptó su propuesta: se mudaría a su casa. Pero Manuel no quería complicaciones con la familia del joven y pidió que no diera señal alguna de su nuevo domicilio, que dejara de comunicarse con su madre y hermanos, y aceptara la historia que les convenía a los dos: no era un chico de la clase trabajadora, un descastado, sino un extranjero. Había llegado de Buenos Aires por barco buscando a unos familiares que tenían un negocio próspero y donde pensaba hacer fortuna, pero obligado por su talento y sin que pudiera encontrarlos, entró a la Escuela de Artes Plásticas, lo demás era ya conocido de todos. Entre ires y venires perdió el acento, y de todos modos era tan callado que a Manuel no le preocupaba que su español lo delatara como nacional.

—Tú déjame a mí el cuento —le dijo mientras reposaban desnudos en la habitación de Manuel.

Abraham no tenía la menor duda de que quería estar al lado de aquel hombre, a su vera como pintor, como mentor intelectual —para poder seguir sus pensamientos tenía que leer lo que Manuel le daba, pero lo hacía muy lento y se angustiaba— y como padre sexual. Cuando Manuel descubrió que esa era la primera experiencia en pareja del chico sintió una devoción singular, como si un ejemplar divino le ofrendara su cuerpo y su alma, y le prodigó alabanzas y mimos. Caminaban juntos por la calle y aparecían en restaurantes y tertulias; se habían besado en alguna fiesta y Manuel lo tuvo cerca y siempre bajo su mira. Abraham sintió la estatura de ser querido con esa franqueza, sintió el poder de su atracción y poco a poco abandonó los dolores de los primeros coitos para volverse adicto al placer de ser poseído por un hombre brillante, guapo y experimentado.

—¿Le dabas el mismo placer a las mujeres? —se atrevió a plantearle a Manuel en aquel retiro de la casa de Cuernavaca.

—Desde luego que no, porque ellas no me han provocado ninguno. Puedo admirarlas, y mirarlas, pero no las deseo.

Cuernavaca permitió esa intimidad de la conversación y de los cuerpos; pintar con la ropa descompuesta, dejarse crecer el pelo y la barba, y meditar frente a los lienzos. Allí fue cuando Abraham pintó su autorretrato; Manuel alabó el salto del paisaje de callejuelas y tejados con alero a la impertinencia de su rostro.

—Pintar un autorretrato no es cualquier cosa, es mirarse a uno mismo. No sé si estés usando tus ojos para ello, o te hayas apropiado también de los míos.

Abraham no lo había pensado, puso el espejo en un buen ángulo de la estancia donde pintaban y el lienzo al lado. Hizo los trazos al carbón y luego aplicó el color, pero era cierto que se miró con el interés que la mirada de Manuel sobre él mismo le creaba. Apreció su boca, cuya carnosidad antes le estorbaba por delatar su origen mulato; su pelo hirsuto, mitad negro, mitad galés, su nariz aguileña, y le intrigaron sus ojos, entre asombrados e inquisidores. Manuel aplaudió el logro.

—No sé cuál Abraham me gusta más.

—Quédate con este —le regaló el cuadro firmado ya como Abraham Ángel—, pero hazle el amor a este otro.

Cuernavaca fue el paraíso para el amor y el trabajo. Las portadas de *La Falange* de julio y agosto exhibían cada una a *El obrero* de Manuel Rodríguez Lozano y *La chica de la ventana* de Abraham Ángel. En Cuernavaca se había dado la complicidad más pura y menos perturbada por la vanidad de Manuel, por su necesidad de discutir, oponerse, ser reconocido, fiestear, seducir. Le gustaba el pulque que se expendía en La Paz de Morelos y que llevaban en jarras para abandonarse a sus efectos junto al apantle. Entonces Abraham veía cómo aquel hombre tan correcto, tan fino hasta en sus caricias y apreciaciones, se convertía en alguien asustado, amenazado por algo que él no comprendía. Poseído por una voz, como si hablara de un fantasma, Manuel señalaba al punto vacío donde estaba el general. *Míralo, el general Mondragón; muertito pero coleando. Buenas noches, mi general, no me venga con que yo le fallé...* y se trataba de poner en pie para saludarlo. A pesar de aquellos delirios que no sabía mitigar, Abraham hubiera preferido quedarse en el idilio de Cuernavaca antes que volver a la Ciudad de México, donde los dos pintaban menos y se querían más atropelladamente.

HABLAR CON FANTASMAS

Manuel miró el reloj y echó a andar de nuevo. Abraham lo estaría esperando para comer, si es que no seguía haciendo su berrinche encerrado en la habitación. Rechazó la invitación de Julio Castellanos para ir por molletes al Lady Baltimore. «Hoy sí que no, Julio. Ayer me pasé». Tenía que cuidar de su ángel, como le decía en lo privado. Abraham lo atendió durante la enfermedad como nadie lo hizo nunca. Para la casa era un desastre, pero por suerte el sueldo de la escuela daba para pagar a Aurelia, que se encargaba de la comida y el aseo. Le hubiera gustado que Abraham desahogara sus celos en la pintura, que se descalabrara emocionalmente con el óleo y el lienzo: pintaría más y perdería menos tiempo en desaguisados amorosos. Él ya lo había perdido en Europa, teniendo que aguantar a la familia Mondragón entera en San Sebastián, y después de imaginar la verdad. Sobre todo después de que Carmen argumentara la muerte accidental del pequeño, del hijo incierto. Él no tuvo tiempo ni ganas de quererlo. El entierro fue triste y veloz; su suegro ahuyentó a la prensa. Todos guardaron silencio sobre el asunto desde que volvieron del entierro hasta que Carmen y él regresaron a México. Intentó ventilar el tema, pero no era posible: aprendió a eludir las complicaciones de la emoción; aceptaba nuevas, pero no las que ya había tenido. Si Abraham seguía comportándose así, tendría que tomar alguna decisión. Cuernavaca parecía tan lejos, y apenas hacía un año escaso habían vuelto.

Vio un bar abierto y le apeteció un trago antes de enfrentar la casa. Allí no tenía una trinchera como las que aprendían a construir en el Colegio Militar; esas guerras se resolvían con armas, esta con palabras y silencios, desdenes y chantajes. Huir. «Sí, sírvame otro trago». Manuel sintió que los minutos se dilataban y tuvo miedo de que se dilataran demasiado, de que cayera la noche y no pudiera ni volver al hogar. Esos estados de ansiedad llamaban a los demonios; como en aquellos trances de Cuernavaca, en que el general Mondragón se le aparecía.

Me estás quedando mal, tocayo, no solo fuiste un cadete en el Colegio Militar, sino mi yerno. Te entregué mi confianza y a mi hija. Los ojos del general eran claros como los de Carmen pero más pequeños y feroces, parecían los de un gato rabioso. El general se le aparecía en camisa como si estuviera desvistiéndose, el cuello sudado, la frente, que se limpiaba con la manga, también. Manuel le quería decir que eso no se hacía, deseaba que volviera a su uniforme, el mismo que seguía usando en el exilio en Europa, con el que se paseaba en San Sebastián. *Y mira con la que me sales, no solo mal cumplidor en la cama sino que ahora te pavoneas con un jovencito de baja ralea sin pudor alguno, exhibiendo tu mariconería. Me dejas mal, tocayo, mi prestigio desbancado porque no escogí a un hombre para mi Carmen, sino a un depravado. Dejas mal parado a este general que inventó un fusil con su nombre, porque no pudo inventarle un buen marido a su criatura. Hasta divorciarte se te ocurrió para desprotegerla a ella mientras yo me moría en San Sebastián. Qué vamos a hacer, Manuelito, mira que todo se paga en esta vida. Yo mismo tuve que ver a mi hijo muerto, y suponer que fue Carmen quien apretara alevosamente la almohada sobre su rostro para que dejara de respirar sin grito alguno.* Manuel hacía aspavientos como si ahuyentara moscas, mientras el hombre de la barra le preguntaba si al señor lo molestaban los moscos, porque no había en ese lugar y menos en octubre donde las lunas eran mejores, «¿quiere otra copa el caballero?», y Manuel resistiéndose porque no quería seguir escuchando al que fuera su suegro, al general que para persuadirlo de casarse con Carmen había dicho: «Y no se preocupe, Manuel, siempre que haya discreción yo sé que hay que atender las necesidades del cuerpo».

¿Qué quiso decir aquel héroe convertido en villano? ¿Cómo que su hijo muerto? Intentó preguntárselo en San Sebastián cuando vivían todos hacinados en una casa, pero ya el general no le tenía las mismas consideraciones y

Carmen tampoco era igual de mimosa que antes, algo se había roto que él tardó tiempo en entender. ¿Por qué se le aparecía el general? No podía dejarlo en paz. Carmen ya no era su asunto, pero de su padre sí, siempre lo fue y él, imbécil, no se dio cuenta; la oferta de París lo deslumbró. Ahora se rumoraba que otro pintor atendía a Carmen como debía ser y que hasta el nombre se había cambiado: ya no era Carmen sino Nahui, un nombre mexicano. Tuvo que marcar una raya con la familia de origen. Una loca amando a un pintor viejo en un convento. Él también tenía a su nuevo bautizado, el general podía tragarse sus palabras y su fusil de disparos rápidos, porque su culo ahora sí era suyo, su dinero también y ya bastante los había destrozado a Carmen y a él sin que él tuviera la menor idea de lo que ocurría. No debía tomarse otra copa, pagó y se lanzó a la calle un tanto nebuloso.

LAS PREFERENCIAS DEL MAESTRO

Cuando salió del Warner, Abraham estaba aturdido; llegó a San Juan de Letrán y tomó rumbo hacia la plaza Garibaldi. Miraba a sus espaldas, pensaba que Manuel notaría su ausencia e iría tras él y que seguramente, porque lo conocía bien, enfilaría también hacia el norte con su bastón, hacia los bares que frecuentaban juntos, aunque a Abraham le perturbara no solo la concurrencia de soldados, sino que la casa de la familia Card estaba por allí. Atenuó sus pasos, pero al llegar a Donceles se vio perdido. Manuel no venía en su busca, tal vez ni siquiera se diera cuenta de que él ya no se hallaba en el lugar; tan absorto hablaba con Castellanos. Y Julio, que fingía que le gustaba bailar con las mujeres, en realidad prefería la compañía del maestro. La última vez que volteó hacia el lugar que ocupaban, Raoul, Julio y Manuel conversaban y bebían. La verdad era que él necesitaba más que conversación y bebida, y sabía dónde conseguirlo. Le hubiera encantado tener la temeridad de meterse solo al bar de los soldados y bailar con uno de ellos, como habían visto hacerlo él y Manuel mientras guardaban silencio: la tensión de la carne se tejía húmeda entre verdes militares, cabezas rapadas y botas negras. Abraham miraba de reojo a Manuel, ese gesto de fiereza lo hacía más atractivo aún: las narices un tanto dilatadas, la boca suelta, el cuello alerta. Noches así prometían intensidad bajo las sábanas de su casa. Estuvo dispuesto a tolerar esos juegos de Manuel porque los otros eran anónimos, pero Julio se había hecho demasiado presente últimamente. Con el doctor Fournier viajaron los tres en tren a Puebla, y aunque arguyó que si iba Julio él no iría, no tuvo más remedio que unirse al trío y quedarse en la habitación del hotel esperando el regreso de Manuel. Los dejó también bebiendo y hablando en el bar. Era verdad, él se perdía en las conversaciones. Que si lo universal de la pintura importaba más que la preocupación de lo local. Que si Matisse y su manera de descomponer ventanas y flores y cuerpos no permitía observar si era francés. Que aquello era lo de menos, pues de todos modos había una inequívoca burguesía de esas latitudes en lo que pintaba. Y Tamayo no podía ser más mexicano en sus colores y sandías, o Rivera en sus alcatraces, pero hacer política con la pintura no era lo que querían. Criticaban también el método de dibujo de Best Maugard, del maestro con el que él se formara, y aunque admiraba a Manuel como dibujante, como pintor, como orador, le iba molestando lo que frente a Julio, el flaco Julio, el joven Julio, le

145

parecía altanería. Su corazón inexperto se arruinaba poco a poco, y solo conocía una manera de calmar esos dolores de la emoción: se enfiló por la calle de Mina y entró en el portón que conocía. Tardó un rato en salir. El aire fresco le alborotó el pelo y una energía inusitada lo invitó a llegar a casa cuanto antes para pintar ese estado del alma. ¿Se podía hacer eso? ¿Aquello era mexicano o universal? ¿Tenía un alma mexicana? Estaba muy cerca de su casa, de sus hermanos; le hubiera gustado recibir un beso de su madre, como todas las noches, pero no podría enfrentar los arrestos de Adolfo ni la indiferencia o vergüenza de los otros. ¿Y si volvía al Warner y enfrentaba a Manuel? Debía estar ya en casa, se preocuparía por él. Lo hacía a veces, lo protegía aunque inventara aquello tan absurdo de su extranjería; le leía poesía. Manuel era demasiado interesante, fatalmente atractivo y seductor como para que no cayeran otros alrededor de él. Quizá si pintara más lo volviera a interesar como en Cuernavaca, porque ahora se fijaba en la pintura de Castellanos y hablaba bien de él como antes lo hiciera con su pintura. Ahora lo reprendía: «A pintar. No hay tiempo de zozobras. Este mundo es feroz». Sí, el mundo era feroz. Y la felicidad un estado pasajero, como aquel en que la inyección lo colocara. Debía volver, Manuel lo estaría esperando.

EL HIJO INCIERTO

Al llegar a la puerta de la casa Manuel respiró hondo como quien sabe que le esperan problemas y que es mejor estar armado de paciencia; así le sucedió en otros momentos de la vida. El general ya lo había dejado tranquilo, al menos eso parecía: no lo arengó en el resto del trayecto hasta la casa de Guanajuato, ni mientras subía las escaleras para detenerse frente al cinco. Con la última copa, Manuel le dio un estate quieto que difícilmente tenía revés. Ya en San Sebastián, cuando se vieron obligados todos los Mondragón a vivir juntos por el exilio de su suegro, le insinuó aquello que lo perseguía, pero no se lo dijo de frente; la desnudez de Carmen fue una iluminación una de las mañanas en que ella se disponía a vestirse para el paseo por la playa de la Concha con sus hermanas.

—Yo me quedo a dibujar —dijo Manuel aburrido de aquel clan, de aquella esclavitud cómoda pero castrante.

—Tú te lo pierdes —le respondió ella mientras se perfumaba con la borla.

No era un comentario inocente, Manuel reconocía que le estaba reprochando la desatención a su cuerpo, y el castigo por el hijo muerto no podía prolongarse para siempre. Sus senos eran firmes y rosados, una línea se marcaba desde el centro de ellos hasta el ombligo, una línea que lo invitaba a dibujar ese torso, pero no a tocarlo como hubiera sido el deseo de su mujer. Manuel quería decirle que podía tomar como amante a cualquiera, que reconocía su necesidad de varón, el apetito de su cuerpo bello, ¿acaso se iba a marchitar junto a él? Pero no estaban solos, no era conveniente; tal vez en París… o ahora que volvieran. Se lo advirtió a su suegro, él iba a volver y valerse por sus propios medios, del divorcio no se habló nada. Ya le informarían si lo lograban, Carmen estaba de acuerdo. Mientras, compartían el lecho, la insatisfacción y la soledad, y eso los lastimaba. Manuel no encontraba cómo sobrevivir a la asfixia. Vio el cabello claro de su pubis y lamentó que sus manos no quisieran palparlo, humedecerlo; ella seguía provocando. Entonces soltó la daga:

—¿El primero fue tu padre? —la increpó.

Carmen bajó la mirada ofendida y dio tres pasos para abofetear el rostro de su marido. Pero Manuel no tuvo duda, en esa manera de dirigirse a él, mitad ofensa, mitad victoria, vislumbró las caricias del general sobre su cuerpo púber, el embeleso que lo llevó a conseguirle un esposo para tenerla cerca, para garantizar el silencio de su hija, la posibilidad de seguir saciando su sed de ella. Manuel se dejó golpear.

—Fue él quien te robó la virginidad. —Carmen lo miraba con esos ojos verdes encendidos sobre su piel enrojecida de rabia—. Fue él quien te preñó.

Carmen soltó la mano sobre la otra mejilla de Manuel, que no se movía ni se defendía. Las revelaciones que atestiguaba mientras hablaba lo tenían enfebrecido; no iba a parar.

—Por eso quiso tu matrimonio, tu ida a París. Y me eligió.

Carmen se detuvo. Las cachetadas no conseguían silenciar a Manuel.

—Quedó a salvo el pequeño —contestó desarmada, y así desplomó su desnudez altiva sobre la cama, rompiendo en sollozos. Manuel tomó sus hombros intentando un abrazo: los dos habían sido víctimas del general.

El corazón de Manuel retumbaba mientras metía la llave en la puerta. Qué cara dura la del general de venir a hacer reclamos sobre el decoro y la vergüenza pública de tener un yerno homosexual y una hija exhibiéndose desnuda en el convento de la Merced con un pintor, una hija que no le interesó más desde la muerte de aquel hijo que sellaba su pacto, su poderío sobre Carmen.

—Ya, general, acabe de morirse y no esté chingando.

—¿Cómo te atreves a hablarme así?

—Nos chingó a su hija Carmen y a mí, y esa se la estamos cobrando. Los dos.

Con aquella frase apuró el último trago en la cantina. Decir la verdad le dio un vigor que no tenía: no estaba dispuesto a que nadie más dictara su destino. Por algo le había dicho no a Vasconcelos cuando lo invitó a pintar un mural y este encontró absurdo que renunciara a la oportunidad y a la paga. «Yo no pinto temas impuestos». Nada iba a serle impuesto después de aquellos años de cadete, de aquel coqueteo del general y del matrimonio arreglado. No sería usado. Usaría a los otros, si acaso, cuando le viniera en gana. Y si Abrahamcito no podía soportar la presencia de Julio, pues malo para él; ya tenía que arreglar ese problema el muchacho.

Antes de que diera vuelta a la llave, Aurelia abría la puerta con una palidez inusual.

—Qué bueno que ya llegó. El señor Abraham no había salido de su cuarto.

—Ya lo conoces, Aurelia, es temperamental.

—Era muy tarde, señor, y como no contestaba abrí la puerta.

Manuel no necesitó escuchar el resto, apresuró los pasos por el corredor y desde la puerta abierta lo vio tirado sobre la cama; la ropa de la noche aún puesta, la piel amoratada.

—¿Qué hiciste, Abraham?

Pero el chico no contestó. Fue Aurelia quien le advirtió asustada:

—Está muerto, señor. Yo no sabía qué hacer, ya quería que llegara, señor, qué hacemos.

—Cállate, Aurelia, cállate ya. Y déjame.

Manuel se hincó junto al chico y tocó su cara helada; tomó sus manos grandes y suaves, y las sintió rígidas. No había paciencia que lo preparara para esto: demasiado tiempo gastado en caminar, en beber, en hablar con fantasmas, en distanciarse de la verdad. Él era el que iba a comandar su destino, se lo dijo al general, y no un mocoso a disponer ahora de su tristeza, de su duelo.

—Eres un pendejo.

Ahogó la cara en su torso y lloró.

EL CUERPO PRESENTE

¿Qué hace uno frente a la muerte del amado, del amado joven y leal? Manuel cerró la puerta con llave. Que no lo molestara Aurelia, necesitaba un momento de paz con Abraham. Pidió en cambio que fuera por el doctor Fournier, que le dijera que era urgente. Quería la intimidad que su cuerpo todavía presente le permitía. Lo miró asombrado por la belleza irresponsable de ese rostro, la nariz grande y el mentón redondo. Enredó los dedos en el pelo crespo del joven, ese que decían seguía creciendo en la tumba; lo mesó y sintió rabia. En otro momento, Abraham hubiera volteado perturbado por aquel lance sensual del maestro, pero fue inútil, los ojos de Abraham siguieron cerrados; de otro modo, Manuel no habría soportado la mirada fija y fría del muerto. Prefería suponerlo dormido, ya se despertaría para protestar por la noche anterior e increparlo por seducir a otros, por no tener suficiente con su carne y su espíritu. Su porteño falso. Un sueño reparador, sonrió Manuel; eso es lo que necesita el muchacho. Me perdonará como otras veces, pintará como lo ha estado haciendo, celebraremos que se hable de él como ese joven de mirar original, de una ingenuidad persuasiva, con mucho por delante. Luego le tomó las manos y acarició cada uno de los dedos que se aferraron al pincel, que le acercaron el vaso de agua antes de dormir, que rasgaron la mandolina que se quedaría arrumbada e inútil, que amasaron su espalda o sus brazos cansados del trabajo. Mira qué hiciste, Ángel mío, acabar muerto. ¿Acaso es tu manera de castigarnos? ¿Tus celos llegaron a tanto?

Aurelia tocó a la puerta, ya venía con Raoul, que suponía la escena con la que se toparía. Puso un brazo sobre la espalda de Manuel; no había más que se le pudiera contar que lo que Aurelia sabía y lo que Rodríguez Lozano confirmó. Ninguno tenía el dato de la hora en que Abraham llegó a la casa la madrugada anterior.

—¿Lo viste anoche? —preguntó Raoul.

—No noté ni cuando tú ni él salieron del Warner. Ya estaba en casa cuando regresé porque abrí la puerta apenas y vi su rostro sobre la almohada; lo pensé dormido.

—Ya no hay nada qué hacer, Manuel. Se necesita el acta de defunción —confirmó Raoul después de verificar el pulso del chico.

Hubo que pedir una ambulancia y permitir que en el Hospital Juárez le hicieran una autopsia que reveló el mal congénito en la aurícula derecha del corazón. Manuel esperó nervioso afuera de la sala donde desmenuzaban a Abraham, cortaban su cuerpo hermoso, su torso lampiño, y no comprendió cuando Raoul le dio la explicación que asentaron en el acta de defunción. «Congestión visceral generalizada de origen tóxico», aunque aparecía como testigo otro nombre, no el de Manuel, para evitar complicaciones.

Tendría que avisar a la familia del chico. ¿O mandaría a alguien? ¿Qué iba a hacer con el dolor de aquellos desconocidos? Lo señalarían como culpable.

—No tengo la fuerza para darles la noticia —declaró a Raoul mientras bebían un café.

—Alguien tiene que sepultarlo.

Entonces Raoul se acercó a su oído.

—Mejor que avises y te desaparezcas un rato. El doctor Rojo Gómez hizo una incisión en el muslo de Abraham y encontró cristales de cocaína. Pudo ser un suicidio.

Manuel lo alejó bruscamente, como queriendo negar la evidencia. Pero Raoul siguió:

—No sé cuánto tiempo se pueda mantener el secreto.

Unos meses después, Manuel Rodríguez Lozano viajaba a La Habana con Julio Castellanos. Hablar de Abraham estaba prohibido: suficiente había sido tocar en la casa de la familia acompañado por Raoul, dar la noticia a la madre y que Adolfo intentara golpearlo, Raoul esforzándose por calmarlos y todos permaneciendo afuera, en la calle, con un dolor que no podían compartir.

Manuel no fue al velorio ni a la misa, ni participó de la esquela que el 29 de octubre de 1924 se publicó en el periódico. Se comió su dolor a solas y Julio estaba demasiado cerca de su sentimiento de culpa para desahogarse con él. Sí, el mundo era feroz y la felicidad un estado pasajero.

LA ROSA DE VASCONCELOS

Campo Marte
París

ACTO I. EN EL LIMBO

Dos sillas alrededor de una mesa. Cuarto en semipenumbra. José Vasconcelos con saco y corbata, de la edad en que murió, setenta años, está sentado en una de ellas. Hay un calendario en la mesa con una fecha: 28 de mayo de 1979.

—Te he esperado veinte años —dice José mientras se pone en pie y retira la silla para que Consuelo se siente.

—No sabía que nos reuniríamos otra vez alrededor de una mesa —contesta ella, destanteada.

—Hubiera sido mejor alrededor de una cama —dice con coquetería el exsecretario.

—Uy, José, no es lo mismo los tres mosqueteros que muchos años después. —Consuelo, pensativa, repasa años con los dedos—. Cuando nos conocimos yo tenía veintitrés.

Consuelo echa la cabeza hacia atrás, en un gesto que la hermosea y hace olvidar que es una mujer mayor. Vasconcelos la mira embelesado.

—Así me cautivaste, con tu desparpajo.

Ella no hubiera querido que él la descubriera así, vieja y sin arreglar. Aunque su hermana se esmeró en vestirla de azul marino, que le sienta bien, y ponerle el collar de perlas que le regalara Antoine. Perlas buenas, irregulares, del Pacífico sur, de algunos de sus viajes extravagantes. Pero qué le iba a hacer, ahora José y ella tienen casi la misma edad. El tiempo se detuvo para él en 1959. Se han borrado las diferencias. Como si le leyera el pensamiento, Vasconcelos, bien vestido con aquel saco de *tweed* marrón que a ella le encantaba, lo suaviza.

—Te sigues viendo joven. Entonces no tenías ese collar; por lo menos yo no te lo regalé.

Consuelo juguetea nerviosa con él.

—No recuerdo que me regalaras nada, ni en México ni en París. Sí, claro, palabras y pensamientos. Y cenas con vino, pero a las mujeres nos gustan los objetos. Debías saberlo tú, que tuviste a varias.

José la mira divertido. Quiere un cigarro; hurga en el bolsillo. Se celan, como si quedaran restos de una pasión; se reclaman absurdos. Pero no iba a dar su brazo a torcer: no le va a decir cuánto la ha echado de menos frente a Serafina, como ella bien sabía, frente a Antonieta, frente a Carmen.

—Te inmortalicé. Te bauticé Charito.

Consuelo ríe.

—La vanidad de los hombres... Es increíble, José, aunque debo afirmar que no quedé del todo mal parada en tus memorias como Charito. ¿Y por qué ese nombre? ¿Conoces a alguna Rosario?

José se queda pensando en aquella elección. ¿Por qué la elección de los nombres de sus mujeres? Recuerda su estudio y su vida junto a su segunda esposa, Carmen Reyes, cuando escribía el tercer tomo de sus memorias, aquella tarea que parecía imposible y que acometía con su despertar temprano, su inquebrantable disciplina. Café y silencio, pedía a su secretario y a su segunda mujer, una mujer suave que le había permitido la dedicación solitaria a recordar en palabras. Le gustaban las mujeres: las mujeres para acompañar sus inquietudes y las noches de cama, también las mujeres tranquilas. Mira a Consuelo, que se le va volviendo Charito mientras hurga en las razones del nombre. ¿Cómo hubiera sido su destino al lado de su novia oaxaqueña, Elena, tan bella y tan resuelta, o con la salvadoreña Consuelo, hablando ese español cantado, tan aderezado de un vocabulario culto con giros inesperados, tan capaz de incitarlo a morder los labios de donde salían las palabras, o frente al desplante certero de Antonieta, corriendo mundo para estar con él? Las mujeres, las había querido a su lado, pero sin que estorbaran a sus propósitos, a su quehacer, a su deber: era un hombre de ideas y un hombre de palabra.

—¿En qué piensas, José? —Consuelo intenta zafarlo de ese trance en que su simple pregunta lo ha colocado. Tal vez así se habla entre muertos, que pueden perderse en el pasado porque es lo único que tienen.

—En Serafina —contesta con torpeza y porque no ha perdido sus maneras atentas.

—Pues en tus memorias le dedicaste pocas palabras.

Su palabra estuvo con Serafina, tan distante en el alma como en las sábanas. «Ni creas que me vas a manosear cuando tú quieras», protestaba. O lo obligaba enfebrecida a morder sus pezones morenos, sedientos del deseo que él no podía prodigarle ya porque no lo sentía. Podía darle un techo, un nombre y una posición honorable para ella y sus dos hijos, pero no bastaba: ella quería a un hombre apasionado y domesticado a su lado.

—Yo no era ese.

Consuelo no entiende a qué se refiere.

—¿No fuiste el que me llamó Charito, cuando entre tus sábanas era Chelo?

Ya José vuelve del pasado, la vista de Consuelo, cada vez más Charito, le da ese rebumbio a su cabeza. Sí, escribió de ellas; ignoraba por qué bautizó así a la salvadoreña. Debió ser su belleza morena clara, sonriente y esbelta. Supone que fue por la Virgen del Rosario en aquella capilla poblana, visita obligada cada vez que ponía un pie en esa ciudad.

—Por tu belleza.

Consuelo cierra los ojos, no imaginaba que las palabras le quitaran años tan fácilmente. Ella, que buscó cremas y afeites para detener la resequedad de la piel y aceptó los menjurjes de la nana, sábila y zapote, almizcle y almendras. Mejor no hubiera convocado esta conversación imposible; no quería que José se ufanara en aquel acto de nombrarla en sus memorias, pero admite que le había halagado reconocerse entre sus líneas, y que quizás por lo breve del amorío no hizo de ella una mujer desalmada como se refirió a Adriana, que todos supieron era Elena Arizmendi, su gran amor. Los celos la asaetean de nuevo, como cuando en el departamento de París le contaba sobre ella. Aún guardaba recelo, que no creyera que no se había dado cuenta que le dedicaba menos líneas que a las otras.

—No fuiste el único que me hizo personaje.

José agacha la cabeza un tanto descobijado.

—Lo sé, lo sé.

ACTO II. AMAR EN PARÍS

Consuelo Suncín llegó al muelle de Veracruz, desde donde tomaría el transatlántico para reunirse en París con su Pitágoras, como le decía a José Vasconcelos; había escrito a sus padres a El Salvador avisándoles que estudiaría el francés y que le parecía ese viaje una buena manera de olvidar a su difunto.

—Puros muertos, José; parece que eso es con lo que me topé desde que salí de casa. Dejé Armenia, la finca de la familia y los temblores de los volcanes, esos que arrasaban con mi pueblo y nos obligaban a huir. Figúrate que cuando te busqué en México en la oficina de *La Antorcha*, porque decían que escribías de pie, dabas entrevistas de pie, yo, a mis veintidós años, ya llevaba a Ricardo Cárdenas como mi primer duelo; aquel mexicano con el que me desposé en California. Un año nada más de mujer casada.

—Estabas condenada a no durar con nadie.

—No porque quisiera, la vida así se me puso.

Cuando Consuelo ascendió por la rampa y recibió la bienvenida de la tripulación, una deliciosa ligereza se apoderó de ella: no había dicho toda la verdad a sus padres y aceptó el envío de una mensualidad que le permitiría quedarse un tiempo en París. Siguió al marino que ya le indicaba cuál era su alojamiento. Consuelo sonrió complacida, no esperaba menos de José: dieciocho años mayor que ella y atento a sus comodidades, le reservó un camarote en cubierta. Se podría sentar a tomar el sol con la privacidad conveniente; la quebraría en la noche con las conversaciones de los viajeros. «Voy a París a estudiar el francés», respondía a quienes le preguntaban qué hacía allí tan joven, tan sola. ¿No le tenía temor al mar, a una ciudad cuyo idioma no comprendía, al clima que era tan cambiante? No, a nada temía Consuelo cuando se arreglaba con aquellos vestidos lisos y sedosos que escogió cuidadosamente, pensando en la intensa vida social no solo del trayecto sino de la capital francesa.

«Me quedaré con mi amiga Blesia en una residencia de estudiantes. La conocí en San Francisco», mintió a su madre. Pero podría haber sido posible, pues mientras estudiaba con las ursulinas hizo amistad con las hijas de dueños de periódicos, de aduaneros, de exportadores y hasta de fabricantes locales de cerveza. Blesia y ella bebieron hasta la saciedad aquel fin de semana en que su amiga la invitó a su casa en el barrio de Notting Hill, una residencia victoriana con una vista espectacular, y Consuelo y ella bailaron a lo Isadora porque tuvieron el privilegio de verla en el teatro: se ataban una sábana apenas y descalzas y frescas se deslizaban por el piso de mármol ajedrezado y soñaban con ser cantantes, actrices o bailarinas como aquella mujer larga y sensual. Cuando regresaron, los padres de Blesia las encontraron tumbadas, con las sábanas mal amarradas sobre sus cuerpos desnudos y breves. Consuelo no entendía qué estaba pasando cuando despertó en una cama, pero la mano de un hombre cubría uno de sus senos, lo acariciaba como si quisiera sacar brillo a una fruta; era el padre de Blesia. Quiso gritar, pero él le puso la otra mano sobre la boca. En la cama de al lado, la amiga dormía; el hombre la tapó con la cobija. Consuelo miró con insistencia al padre de Blesia en el desayuno del domingo. Se sorprendió de no sentir ira, le sostuvo la mirada, lo juzgó guapo y lo pensó desvalido; el otro bajó la vista avergonzado. No sabía si desde entonces los hombres mayores le atraían más. Se casó con el militar mexicano en California pensando que la juventud de su marido disiparía ese gusto que tenía por estar en la mesa donde convivían los padres de su prometido con sus amigos; encontraba sus conversaciones infinitamente más interesantes.

—A lo mejor murió a tiempo Ricardo, ya lo puedo decir sin remordimiento. ¿Cuánto hubiéramos durado sin que me aburriera?

—Eras una viudita muy hermosa cuando me increpaste —confiesa Vasconcelos—. Por eso te hice esperarme hasta que las preguntas de todos los otros estudiantes hubiesen sido contestadas.

—Más bien me ofendiste diciendo que una mujer bonita no necesitaba trabajar: yo debía pagar la renta del cuarto en el que vivía.

—Cómo podía adivinarlo, tan pulcramente vestida, tan propia en tus maneras. Me habías escrito una carta a la redacción de la revista. Cuando te recibí me contaste que estudiabas Derecho. Yo me prendé de tus ojos oscuros y vivaces, y de la manera en que las palabras salían de tu boca fresca; como cantadas, afincadas en tu origen salvadoreño y sazonadas con los otros españoles que ya habías acumulado. Me cautivó tu voz, Charito.

—Acudí a ti porque siempre te manifestaste como amigo de los centroamericanos. Éramos hermanos de raza, decías.

No es que Consuelo hubiera aceptado la inmediata propuesta del profesor de cenar con él, lo hizo esperar un rato y luego se sintió dichosa con su inteligencia y su mundo, y aguantó que disimulara sus amores porque tenía una esposa y su reputación se había opacado con otra amante reciente: no era que se lo contara todo, pero ella oía lo que se hablaba de él. De regreso en El Salvador con su familia, extrañó la vida en la capital mexicana; la vida con él. Y le escribió para volver. Vasconcelos le dijo que se iba a París. Ella respondió que lo mismo haría, que siempre quiso estudiar francés. Allí no solo estaba José, sino Picasso, Dalí y Breton, Duchamp y Louis Aragon, Romain

Rolland y otros que entre aquel *glamour* olfateaban cómo reinventar el mundo. Una semana de barco y estaría José en el puerto esperándola.

—¿Por qué no te quedaste conmigo?

—Vamos, Pitágoras, no me vas a decir que aún me tienes resentimiento.

—¿Cómo crees que se queda uno cuando simplemente se le dice «Adiós, me caso con Enrique»? ¿Qué tenía yo que hacer para que me eligieras?

—¿Acaso yo tenía que ser tu mujer oficial para que te quedaras conmigo?

—No entendiste nada, Charito, yo siempre he respetado a la mujer: a la que eligió la vía del matrimonio, como Serafina primero, como Carmen después, y a la que tomó el camino del pensamiento y el verdadero acompañar a su pareja.

—Pero es difícil no tener expectativas.

—¿Lo que te importaba era casarte?

Consuelo se queda callada: viuda una vez, dos veces, tres veces; si no se hubiera casado, nadie la consideraría viuda. ¿Cómo se nombra a las mujeres a las que se les muere el amante?

La vida en París fue luminosa desde el instante en que Consuelo se instaló en la residencia y comenzó a frecuentar el departamento donde vivía José. Mientras él trabajaba en el día, ella estudiaba francés, paseaba, visitaba museos y amigos; en la noche se reunían para tomar la copa y salir a cenar. Frecuentaban los cafés, los bares, las reuniones de embajadas. La conversación de Consuelo era cada vez más fecunda pues aprendía el francés con una velocidad que dejaba en desventaja a Vasconcelos. Fue en aquel patio para celebrar la independencia argentina cuando conoció al guatemalteco. ¿Cómo fue que Enrique Gómez Carrillo llegó de cónsul de Guatemala y ahora representaba al gobierno argentino?, se preguntaban todos. «Habilidades del cronista», dijo al principio Vasconcelos, quien respetaba la obra de Gómez Carrillo, uno de los autores más leídos en ese tiempo.

—Tú también te sentiste atraído por Enrique —se defendió Consuelo.

—Pero tú tuviste más tiempo para dejar que Gomarella te sedujera de a poquito.

—No lo llames así, está muerto.

—Todos lo estamos. Pero si yo hubiera sido tú, su pasado negro me habría incomodado —siembra José la duda, con esa habilidad con que podía desarmar a los otros.

—¿De qué hablas?

—Entregó a Mata Hari. La acusaban de espía y la fusilaron sin pruebas contundentes.

—Preferiría no hablar del pasado negro… Antoine y yo supimos que simpatizabas con los nazis.

Vasconcelos, arrinconado, se defiende:

—No fui el único en equivocarme…

—No hablábamos de ti, querido, cada quien paga su condena. Tú llegaste a simpatizar con las ideas de los falangistas; Enrique en cambio quería una mujer a su lado.

Consuelo fue tomada ahora por el pasado, por la manera en que Enrique se metió a su vida y desplazó a José. Recordaron las pupusas y los tamales, la comida que solo ellos dos podían echar de menos: poco apropiado para un representante de la capital del asado estar hablando de antojería de maíz y salsas. Rieron como tontos con algunas expresiones que el guatemalteco conocía bien, como bolo y chumpa. A los dos parecía reconfortarlos la música de su idioma, un acompañante ideal para digerir las conversaciones con los intelectuales allí presentes. «Cuidado con la zumba», le decía ella excluyendo a los demás. «La zumba me zumba», contestaba el otro y brindaba de nuevo, sabiendo que ese código lingüístico les daba una complicidad particular. «¿Qué es eso de zumba?», preguntaba celoso José. «Borrachera, Pitágoras, nada más que no es latín». «Si bebes mucho del cuchumbo, la zumba acaba en goma», se divertía Charito.

Consuelo se atrevió a preguntarle al cónsul por Raquel Meyer, aquella actriz española con la que había estado casado. «Es muy bella, he visto sus fotos». «La belleza no lo es todo», se defendió Enrique, eludiendo la plática. Consuelo bien sabía que había estado un año casado con Aurora la poeta, hija de un presidente, otro año casado con Raquel.

Notó que él no estaba nada incómodo con la mujer que llevara el ilustre Vasconcelos como acompañante. El cónsul extendía la mano y aceptaba otro whisky mientras Consuelo bebía vino, qué mirada pícara y qué bien se le veía el bigote a Enrique, cuánto sabía de todo y cuánta gente conocía, que si Oscar Wilde o Picasso, que si Maeterlinck o Dalí. Después se daría cuenta de cuánto tiempo estaba dispuesto a dedicarle, no como José con esos encierros para trabajar, con esa prohibición para reírse, beber, besarse o tocarse hasta después de una jornada laboral.

—¿Tenías que ser así de rígido?

—Mi educación era católica. La sensualidad es pecado. Mi vida eran las ideas que debía poner en impreso.

—Y vaya que lo hiciste: dejaste más de mil páginas de memorias.

—¿Las leíste?

—Eso querías, ¿no?, que Elena Arizmendi y yo nos enteráramos de nuestro papel en tu vida… entre otras cosas, claro. Las mujeres son la nota de color en la vida de un político o intelectual —dice Consuelo con sorna.

—Fueron importantes —enfatiza José—. Cuando te vi tan atenta a Enrique en las recepciones supe que «el afecto superficial que antes nos ligaba, se había transformado en una sombría atracción, violenta y dolorosa. Nunca nos habíamos querido tanto».

—Pero no me lo dijiste… con esas palabras lo escribiste —dice Consuelo, asombrada por aquella capacidad de citarse a sí mismo aun veinte años después de muerto.

—Por algo, mi querida condesa, he estado esperando este encuentro.

Consuelo se sonroja, se da cuenta de que José había estado pendiente de ella; sabía de su matrimonio con Saint-Exupéry, aquel del que derivó su rango de noble.

—A tu favor debo decir que a pesar de que te dolió mi decisión, hablaste bien de mí, en cambio a Elena la hiciste una villana. ¿La has visto por aquí?

—A ella no la he buscado. Escribí sobre nuestra pasión y su final, y con ello me quedé vacío de tristezas. Contigo no me quedó más que admirar y respetar a las parejas que luego elegiste. ¿Los quisiste más que a mí?

—¿Querrás preguntar si estaban a tu altura? Enrique, a diferencia de ti, ya fue olvidado. Aunque no por mí.

Vasconcelos sonrió ladino. Su rival de amores, con tantos libros y artículos, el latinoamericano popular de aquellos años veinte en París, era solo acervo de biblioteca. Estaba doblemente muerto.

—Lo siento, Charito.

—No seas cínico.

Cuando Consuelo salió del ascensor metálico y abrió la puerta del departamento tarareando aquella cancioncilla peruana, José la atravesó con la mirada. Ella lo eludió y siguió de largo a la cocina para dejar la baguete recién comprada.

—¿Estamos de malas?

Vasconcelos no respondió y se le pegó como sombra silenciosa mientras Consuelo sacaba unos platos y unas copas, colocaba los quesos en un platón y rebanaba el pan.

—¿Puedes hacer algo útil? —le extendió la botella de vino para que la abriera.

A regañadientes Vasconcelos hundió el sacacorchos en el Bordeaux.

—¿Celebramos algo? —vertió el vino en las copas con mal talante.

—El nuevo libro de Enrique Gómez Carrillo, la fiesta que dará en unos días.

José mudó el semblante. Luego lanzó, como siempre lo hacía, un referente literario para dejarla helada:

—Supongo que habrás leído *La cigarra*, del siempre certero Chéjov.

—No, pero puedo imaginar que la cigarra se divierte mientras la hormiga atesora para el invierno. Ya, ya, mi Pitagoritas, aquí encerrado no te enteras de lo que ocurre en el mundo.

Consuelo tenía razón; aunque lo había dicho así a la ligera, llevaba una profunda verdad. Él no sabía que en una de aquellas reuniones Enrique se acercó a ella y cuerpo a cuerpo hundió la nariz en su cuello con un «¿Me permite?»; quería olerla, le gustaba su aroma. «Consuelo, deben ser las flores de nuestro trópico». Ella reía, divertida por las ocurrencias de Gómez Carrillo.

—Me enteré de que Benito Pérez Galdós fue testigo de tu boda con Raquel —le comentó curiosa.

—¿Quién te cuenta esos chismes? De todos modos, ¿de qué sirvió tener al autor de los *Episodios nacionales* para atestiguar un matrimonio con una loca?

—¿Me lo presentarás un día? Devoré *Fortunata y Jacinta* —siguió Consuelo sin detenerse en los pormenores de su fallido matrimonio.

—¿Conoces Madrid? —le preguntó galante—. ¿No te ha llevado el buen José? Debe estar muy ocupado.

Era sarcástico pero acertaba. Una tarde la invitó a tomar una copa al Ritz y de allí la llevó a su casa; le susurró poemas mientras la desvestía y besaba sus pies, despejaba su cuello del collar de perlas, desabrochaba el sostén; una tarde de primavera escapada de la rutina, que quedaría en el secreto regocijo de Consuelo.

—Te está seduciendo —dijo José cuando la notó más interesada en las actividades de la embajada argentina que en las de la mexicana, donde él acudía.

Consuelo no lo admitía, pero Enrique sí: en aquella tertulia frente a Maeterlinck, Breton, Dalí, Picasso y Miró, cuando José le advirtió que dejara en paz a Consuelo, Enrique le dijo que no lo haría, que amaba a esa salvadoreña menuda y alegre. Vasconcelos supo que él también, que no era solo un capricho de la carne, que la criatura se le había metido en el alma con su alegre espontaneidad, con la ligereza con que recorría el mundo. Se sintió un tonto por no invitarla a vivir con él, por dejarla en su cuarto de estudiante y recibirla solo cuando a él le conviniera.

—Que lo decidan las espadas —Enrique lo retó a duelo. Tenía fama de resolver así las discrepancias y rivalidades.

—Es insensato —protestó Consuelo cuando se enteró—. Es absurdo —exclamó cuando José llegó exhausto de su lección de esgrima.

Varias semanas transcurrieron entre la tensión de la afrenta, las lecciones que José sudaba y las escapadas de Consuelo para encontrarse con Enrique. No fue necesario el duelo: un domingo, cuando las campanas repicaban llamando a misa, Consuelo salió apuradamente de su dormitorio. Haber dado una explicación más larga a José, enternecerse en sus brazos, consolarlo, no le habría permitido dar el paso siguiente. Tocó en la puerta del departamento del que José nunca le dio un juego de llaves.

—Me caso con Enrique.

José no salió de casa ese día ni el siguiente, tomó una hoja de papel y pasó varias horas escribiendo mierda y traduciendo la palabra a otros idiomas: *shit, merde, scheiße, sranje, merda, caca;* luego pronunciaba las versiones en voz alta, hasta que cayó rendido y comprendió que no había más remedio que darse por vencido. El *touché* era evidencia del tino del florete del guatemalteco. Procedió al rito de la rendición. Enrique era un portentoso enemigo.

ACTO IV. ANTONIETA Y ANTOINE

Consuelo mira a su alrededor, la atmósfera es parda como la de una taberna de noche, cuando la luz de la calle es todo lo que ilumina la quietud que antes era ajetreo. Piensa que esa es la sensación de estar muerto, el ajetreo se ha terminado: las sillas se colocan invertidas sobre las mesas, los vasos limpios en los estantes, los platos y sartenes en los anaqueles. La diferencia es que nadie los usará al día siguiente.

—A ti se te adelantaron dos, Charito —subraya Vasconcelos como si adivinara los pensamientos tras el sondeo curioso de la mujer.

Ella finge no escucharlo:

—Nos bautizaste a tu antojo. Las mujeres ocultas éramos Adriana, Valeria, Charito; guiños para el futuro y para nosotras mismas. Yo no tuve reparo en leer tus palabras; Antonieta no pudo, se había muerto por ti en plena catedral de Notre Dame. Un tiro certero; alguna culpa habrás sentido.

—La misma que tú cuando saliste corriendo con Enrique, y se te hincó y te pidió ser su mujer. ¿Fue esa mi falla? Te pensé diferente.

Consuelo, turbada, no sabe qué contestar. Claro que le gustó que Enrique Gómez Carrillo, al que llamaban el Príncipe de la Crónica, el amigo de Pérez Galdós y de Blasco Ibáñez, le dijera que no podía seguir un día más sin ella. Es muy halagador ser indispensable para otro, así lo pensó frente a aquel hombre: cincuenta y dos años, muchos libros de crónicas de viaje, varias antologías de cuentos de autores hispanoamericanos. Era miembro de la Academia de la Lengua de su país, inteligente, simpático y borracho. Y amoroso, por eso hizo de ella una mujer que, recordaba Consuelo, nunca sintió asfixia ni molestia por estar a la vera de aquel hombre en París; tal vez los años de infancia y adolescencia que Enrique pasó en La Tecla, en El Salvador, los habían hermanado para siempre. Cuando enfermó, al poco de su matrimonio, ella lo cuidó sin resentimientos.

—Solo un año estuvimos casados.

—Pudiste haberme buscado —reclama Vasconcelos.

—¿Y hacer sentir plato de segunda mesa al exministro de Educación? Además, no finjas, Antonieta Rivas Mercado ya estaba en tu mira.

—¿Y Antoine de Saint-Exupéry en la tuya?

Consuelo siente rabia ante el tono burlón de José. Ese Pitágoras tan sabiondo, tan metódico que no podía descomponer un día y quedarse un rato largo en la mañana, desayunando sobre la cama, con escarceos pausados. No, café - periódico - baño - ropa - llamadas - citas - máquina de escribir - encierro - lectura - máquina de escribir - café - comida - café - lectura - copa - vida social; y además casado. Serafina y los hijos a punto de mudarse a París con él.

—A Antoine lo conocí un año después de la muerte de Enrique.

—Un año duraba todo en tu vida… solo aquí notarás la diferencia. Nunca se vence el plazo.

—Con Antoine rompí la condena del año. Y fui feliz un tiempo.

—Antonieta era inteligente y poderosa —se defiende José.

—¿A qué te refieres con poderosa?

—Tenía dinero y deseos de que ocurrieran cosas en el arte, en la política. Nos congregaba a todos. Era inquieta y sensible, pero frágil. Recuerdo el «grato roce de sus caderas que liga los cuerpos, sincroniza las almas de dos que se han unido en la ilusión de la eternidad».

—¿Te estás citando a ti mismo de nuevo?

Vasconcelos sonríe:

—Aquí sobra el tiempo y me gusta revivir las partes buenas.

—Antoine era guapísimo. Tenía la frente amplia como tú; no lo pude resistir en aquella ceremonia en homenaje a Enrique que dio el presidente Hipólito Irigoyen en Buenos Aires —Consuelo no se iba a quedar atrás convocando lo grato—. Antoine volaba a Buenos Aires.

—Un clavo saca otro clavo.

A Consuelo aquello le parece muy vulgar; está molesta por algo que no entiende. ¿Acaso se trataba de hacer competir a los amores que tuvieron cuando ellos ya no eran amantes? Vuelve a mirar a aquel hombre corpulento de mirada suave que le presentaron como piloto, en tiempos en que eso era un oficio novedoso. Sintió una admiración distinta a la que Vasconcelos y Gómez Carrillo le provocaran. Antoine de Saint-Exupéry tenía más que ver con su primer marido, aquel militar de corta vida. Los dos eran hombres de acción, más parecidos a los héroes que las mujeres piensan pueden rescatarlas; Vasconcelos en cambio no pudo salvar a Antonieta. Pensó en la desesperación de la mujer: haber dejado a un hijo al cuidado de otros y pegarse un tiro por un hombre.

—No hay nada que hacer cuando alguien se quita la vida por amor.

—Desde luego que no —dice Vasconcelos en su favor—. Ni siquiera tú, mucho más relajada en tus maneras, entendiste que «entre seguir una aventura y escribir una página, siempre he optado por lo segundo».

Consuelo entendió su desasosiego, recordó aquel cuento del irlandés James Joyce, donde el marido se encela porque la esposa se ha acordado de un pretendiente a raíz de una canción: un joven que murió de amor por ella.

—Nadie puede competir con Antonieta que murió por ti.

Vasconcelos hace un gesto con la mano como si quisiera alejar definitivamente esa historia y con ello las imágenes de un álbum alborotado al que la escritura de sus memorias trató de dar forma: los dos en el Cadillac recorriendo la ciudad durante su campaña presidencial, Antonieta espigada y frágil, la menos voluptuosa de todas sus mujeres y la más ambiciosa, la única capaz de mover a los otros por aquel respeto que se había ganado de parte de escritores y pintores. Incómodo busca salir de sí mismo y hablar de Consuelo.

—Fuiste la mujer de un escritor involuntario, de un mártir de la aviación.

—Otro muerto —contesta Consuelo sin levantar la cabeza. Quería quedarse con aquella dulzura que le proveía la compañía de Antoine, sobre todo al principio.

—El pan nuestro de cada día en este lugar.

Consuelo aprieta los párpados, el avión de Antoine cayó frente a las costas de Marsella el 31 de julio de 1944. No encontraron su cadáver, por ello siempre tuvo la duda de su muerte. ¿Y si escapó e hizo una vida anónima? De encontrarlo, lo identificaría el metal de la esclava que llevaba siempre, en ella estaban grabados sus nombres: Consuelo y Antoine. Unos meses antes de que muriera lo ayudó con *El Principito*, un libro muy distinto a los que escribiera antes: él leía, ella comentaba el ritmo y las anécdotas. Consuelo descubrió en aquel planeta con dos volcanes el paisaje de su Armenia natal en El Salvador: guiños entre ellos que nadie podría descifrar, que luego nadie reconoció. Hay un trabajo cómplice y compartido que solo se conoce en la intimidad.

—Yo era la rosa —dice ella de pronto.

—Ahora soy yo quien no entiende. ¿Es un libro de jardinería?

Consuelo suelta una carcajada. Podría ser, pero no lo era.

—Una rosa en un planeta vacío, hay que regarla para que florezca, para que no muera. Es una novela, un relato largo.

—Yo escribí un cuento en tu nombre.

Consuelo se guarda las palabras, se da cuenta que en la muerte ya ni se puede leer y que a Pitágoras solo le queda referirse a sí mismo: lo único vivo que posee. Ella lo leyó en su momento y lo había olvidado. Se alejó a esculpir en Oppende al final de la guerra y luego peleó porque ella, la condesa de Saint-Exupéry, fuera reconocida como la mujer que inspiró la rosa de *El Principito*, que sus biógrafos consideraran que estuvo casada diez años. Su suegra la defendía, «Si mi hijo te quiere, yo te quiero».

Seguramente era hiriente al proseguir:

—Si vieras cómo han seguido leyendo *El Principito*, hasta este 1979 me consta haber visto la portada en varios países y lenguas, treinta y cinco años después de la muerte de Antoine.

—¿Y te volviste a casar? —Vasconcelos da un giro a la conversación; no puede competir con la popularidad del aviador, y menos con un libro para niños.

—Me dejé querer.

ACTO V. VALE MÁS UN QUINTO DE HOMBRE GRANDE
QUE UN MEDIOCRE ENTERO

Consuelo había llevado algunas cosas al departamento de José; ya no pasaba todas las noches en la residencia de estudiantes del Barrio Latino, los chicos que allí vivían, pues había pocas mujeres, le aburrían. Si al principio podía con las comidas baratas de los bistrós cercanos, con las crepas callejeras o con la carne asada acompañada de papas que comía en la residencia, poco a poco se fue aficionando al mundo que le compartía José. Una cena en L'Escargot d'Or con Alfonso Reyes, o en el Train Bleu de la estación Saint-Lazare. «Arréglate, chiquilla, París será una fiesta». Era deslumbrante entrar a ese salón de brocados y madera, de dorados y vajilla blanca con aquel monograma en azul; las mujeres con zorros sobre los hombros, los *chemises* sueltos en sedas y lanas muy finas. Consuelo batalló con el acomodo de su pelo rizado, lo habría preferido lacio para que la melena asomara por los bordes del sombrero de fieltro verde; se encaprichó con él frente a un escaparate y José se lo había comprado. Esa noche de caracoles, que le dieron un poco de repugnancia, y sesos a la mantequilla, que le gustaron a pesar de conocer su origen, frente a aquellas dos inteligencias que gozaban el buen beber, alardeó que las francesas no eran tan guapas como decían. No volvió a la pensión. En un taxi partió don Alfonso, en otro ellos dos. Habían bebido champán, la justa cantidad, como insistía José, para poder echar a andar a la mañana siguiente.

—Dame un poco más de burbujas.

Despojada de la ropa y solo con el fondo de seda marfil, las medias sujetas por el liguero y los tacones color hueso, Consuelo se transformó en la chica del micrófono, la diva del cabaret; contoneándose e intentando cantar como Josephine Baker, guiñando a su espectador cautivo, aflojando la corbata de José, acomodándose en sus piernas y volviendo al escenario del salón, Consuelo se volvió la Lempira. Tal vez José la bautizó así porque le pareció un poco Tamara de Lempicka, un tanto animal de la noche. Fatal y decadente, sensual y retozona, explotaba aquel torso esbelto y las piernas de bailarina que tanto alababa Vasconcelos. Los amantes sellaban su complicidad con la risa. En momentos así, José pensaba que no sería bueno que llegaran Serafina y sus hijos.

Aquellas noches que se prolongaban hasta que José decía «Atiende tus estudios, chamaca». Fantaseaban sobre la Oaxacandria que habría de unir Guatemala y el sur de México. Y ella, la Lempira, sería la reina de ese nuevo país. Consuelo, mimosa, se deshacía en fantasías del palacio que habitaría, del chocolate que debería ser llevado a su alcoba desde el amanecer, variando solo las especias que lo acompañaran: canela para despertar, chile para el mediodía, vainilla para la tarde y un poco de aguamiel antes de dormir. «Yo arrojaré chapulines sobre tu vientre plano, y los pizcaré con la boca uno por uno; te libraré de sus patas rojas tostadas, de sus antenas conocedoras de antiguos idiomas. Celebraremos a la raza cósmica desde el templo de Monte Albán al vientre dorado de la iglesia de Santo Domingo». La risa de los amantes, la intimidad inexplicable que rebasaba el lenguaje de la carne.

Consuelo cierra los ojos, intentando reproducir el placer que le prodigaba el amante mexicano. Así, disfrazado de otro, José se parecía más al intrépido que saliera a caballo del país, el que recorriera sierra y desierto para hacer campaña con Madero, ese hombre que dejaba el libro para surcar el paisaje, un hombre más físico, más divertido. Ese amante era el mejor porque la poseía con dureza, la sometía y luego la aliviaba a caricias lentas, o pronunciaba lo que no era fácil repetir. Al Vasconcelos que financiaba esos meses en París con entregas a uno y otro periódico o revista y que intentaba escribir su metafísica, Consuelo lo relajaba: era una compañía alegre y amorosa, una mujer enterada y entretenida; demasiado ambiciosa tal vez, pero en eso los dos se parecían.

De haber repetido con frecuencia esos momentos juguetones, no hubieran dado cancha a Enrique, mucho más suelto y bailarín, que aprovechó un viaje de José a México para lucir a la joven Consuelo Suncín como su joyita personal; con la excusa de que eran centroamericanos, se la apropió de a poquito.

—¿Te acuerdas de la Lempira?

—Me acuerdo de tu vientre tan plano que daba pena quebrarte, tu vientre de metate donde mi mano jugaba a escribir códices, contando una historia.

Consuelo sonríe, el recuerdo libraba a los cuerpos de la decrepitud.

—Qué bueno que escribiste tus memorias. Y que me esperaste.

—No podía dejar de disfrutar esta conversación con Charito, y quitarme el sombrero ante el rival del duelo no consumado. Lo escogiste a él para que te enterraran en Père Lachaise. Tal vez con él practicaste la jardinería y le diste agua cuando la necesitó.

—Siempre la he practicado, he cultivado flores en el castillo que me heredó Enrique, en mi casa de Buenos Aires, en mi terraza en París. No pude escoger la tumba sin cuerpo de Antoine, el hombre con quien estuve más tiempo.

Vasconcelos se queda pensando que esta mujer merecía más consideración de la que le dieron sus contemporáneos. Por lo menos él no estaba en falta.

—Tengo una pregunta incómoda.

—Como ves, nunca es tarde —dice José un tanto cansado.

—Pitágoras, ¿habrías dejado a tu esposa por Charito, o por Adriana o Valeria?

—Hice lo que tenía que hacer: estar al pie del cañón con Serafina hasta que murió. Era la madre de dos de mis hijos, Carmen de los otros. Con ella encontré cierta paz, sabes… Y a cierta edad, es lo único que se quiere.

—A ninguna de las tres amantes nos hiciste hijos.

Vasconcelos asiente. No hubiera podido con las exigencias de cada uno de los que nacieran de las intensidades de ellas, tan leídas, originales, dueñas de sí mismas, ambiciosas, de alguna manera fuera de su tiempo. No estaba preparado para ello. Pero no se lo dice.

—Yo tampoco tuve hijos; solo dejé rosas. Por eso mi herencia fue para mi gentil jardinero José Martínez Fructuoso —sigue Consuelo.

—¿Tu amante?

—No, un hombre práctico. Un hombre que cuida la vida efímera y su belleza. El único que no me hizo personaje como ustedes, ni amante ni viuda ni esposa.

Consuelo y José voltean a su alrededor. Han estado absortos en su conversación, en esa visita tumultuosa del pasado que les refresca la carne muerta y el deseo olvidado. Sin darse cuenta, convocaron con su charla a todos los que se encadenaron con ellos: Elena Arizmendi camina con sus pechos grandes y su faz redonda, se le ve la salud desbordada, lleva en la mano un ejemplar de *Vidas incompletas*; Vasconcelos la mira asustado. Antonieta Rivas Mercado se tapa el corazón pero la sangre sale entre sus dedos; aunque se disparó en la sien, era otro el lugar de la herida mortal. Y Antoine llega con sus gafas de aviador y un cuaderno donde debe estar el cordero que dibujó al Principito; en su muñeca, Consuelo reconoce la pulsera de plata donde aparece su nombre junto al de él. Y Enrique, pálido, mostrando el papel con la palabra «mierda» escrita con el puño y letra rabiosos de José, intenta alcanzar la mano de Consuelo como hizo antes de morir, una mano dulce y tierna. Ella estira el brazo pero ya no puede llegar a él; Suncín y Vasconcelos se miran.

—Deberías bailarme como Lempira, Charito.

Las campanas suenan, la luz del foro baja de intensidad y al poco, en una esquina iluminada, se contempla una rosa y al jardinero de Consuelo Suncín que vierte agua sobre ella. Se escuchan los versos de Rubén Izaguirre Fiallos:

Ah, Consuelo Suncín, Condesa de Sonsonate,
te comiste el mundo,
para enseñarnos su esqueleto.

LAS PERLAS DEL INDIO

Dulce Olivia y Zaragoza
Coyoacán
Ciudad de México

—Nos hemos hecho viejos, Perfecto. Siéntate, estás tan cansado como yo.

Perfecto puso la limonada frente al señor Emilio y aceptó su invitación a sentarse. Estaba en mejores condiciones que el patrón; no era un hombre de excesos y había dedicado su vida a atender al Indio Fernández. Aunque el señor Emilio insistía y le pedía «Llámame Indio, Perfecto», él no podía.

—En el nombre llevas la condición —se burlaba el señor Emilio.

Y aunque Perfecto sabía que sus fuerzas flaqueaban, que tenía que cuidarse la glucosa y que las piernas le dolían en las caminatas que todavía hacían, no declaraba su debilidad.

—Eres el único que me ha aguantado. Mis mujeres me dejaron solo —decía el Indio y daba un sorbo a su limonada—. Mira tú que acabar bebiendo limonadas, y solo en esta fortaleza.

Perfecto miró desde la silla del jardín los altos muros de piedra de esa casa arbolada. El señor Emilio la había construido con esmero, altiva y volcánica como él mismo, para guardar su mundo privado de muebles coloniales, de pinturas mexicanas, de cocina de brasero y comal, de patos en el estanque, de gallos de pelea, de periquitos enjaulados. Un mundo íntimo y ruidoso, para compartirlo con quienes hacían cine, cantaban o escribían y pintaban; con sus parejas, con sus hijos. Para hacer fiesta puertas adentro y no permitir que faltara la música, el tequila y las tortillas para acompañar los guisos, siempre preocupado por los platillos, por las flores. Un mundo cerrado pero abierto a la calle por el balcón de su recámara, abierto a la calle bautizada por él: Dulce Olivia.

—Qué remedio, señor Emilio —contestó Perfecto, retando al silencio de la calle cerrada donde estaba la casa.

—Seguirás llamándome igual, condenado; solo me dicen así mis viejas, y no todas. Cuántas veces te he dicho que no me ofende, que mi madre era una kikapú y que mi cara mestiza está sellada por esa marca nativa. La llevo con orgullo, Perfecto. Tú estás más güerito que yo.

Perfecto no podía tutearlo. Lo respetaba; lo había levantado del piso borracho, pero también había curado a la señora Columba de aquellos golpes. El señor Emilio escuchó su reprimenda. «Así no se trata a las mujeres, y usted lo sabe». «Claro que lo sé», se defendía el Indio descolocado, viendo el estropicio de sus arranques.

—Para mí son lo más bello, lo más delicado. Pero les toca estar donde les toca. ¿Por qué quieren vuelos de hombre? Yo las sé tratar como reinitas, mis reinitas. Nada más ven burro y quieren viaje. No se saben estar silenciosas, como a mí me gusta. Aunque las grandes señoras no merecen ni buscan un solo rasguño: Dolores, la Doña, o mi Olivia.

Perfecto tuvo ganas de decirle que fue el mismo Emilio quien espantó a las que querían quedarse: una por una entraron y salieron por la puerta grande.

—Yo las hice, hasta las que ya estaban marcadas por Hollywood.

Al cuidador, al mozo, al amigo de tantos años le hubiera gustado replicar que ya ni la amolaba, cada vez enamorando una nueva, bajándole el cielo y las estrellas y luego acabando en pleito. El Indio pareció leerle el pensamiento:

—Mira que empezar con una chiquilla y acabar con otra. No sé por qué me daba por las quinceañeras. Perlitas virginales, las podía hacer a mi hechura. A los hombres que nos forjamos solos nos da por esculpir; a los directores de cine, más.

Perfecto no dijo nada. La última esposa, Beatriz Castañeda, solo quería escuchar *rock and roll* y cualquiera diría que se aburría como prisionera en la Fortaleza de Coyoacán. Con ella no tuvo tiempo de encariñarse: era como una niña caprichosa, y para niñas ya había tenido a las hijas del señor Emilio —Adela, Jacaranda y Xóchitl—, y de tanto llorar la muerte de Jacaranda no quiso saber más de jovencitas. Cuando trajo el patrón a la *seño* Beatriz, a Perfecto le subió la glucosa; tuvo que tener cuidados extra. A quién se le ocurría otra vez una chiquilla: solo al señor Emilio.

—Así estamos bien, amigo. Con tal de poder seguir caminando por Dulce Olivia, puedo acaramelarme los días. Porque no me voy a morir así nomás, aunque otras lo quieran. Faltaba menos: todavía tengo una tarea pendiente.

QUINCEAÑERAS

Nada más verla, al Indio se le alborotó el deseo: se llamaba Gladys y era cubana, hija del coronel José Pablo Fernández Domínguez. Solo tenía dieciséis años, pero el

Indio todavía era joven aunque ya corridito. Los años de Hollywood le dieron seguridad: empezó como extra y ganó el aprecio de directores y guionistas, su habilidad para bailar y su temeridad para sustituir a otros lo colocaron en los escenarios. Fue en La Habana, baile y baile, como bien lo sabía hacer, que quiso quedarse con la más joven y bonita. Su padre el coronel se convenció de que Emilio sería un buen yerno mientras fumaban puros bajo la veranda y compartían sus experiencias de batalla, uno como libertador de la Cuba española, el otro como teniente delahuertista en la Revolución mexicana; para más señales, hijo de militar.

El Indio tuvo que pasar al otro lado, huyendo de la persecución a quienes estuvieron con Adolfo de la Huerta en la rebelión contra Obregón en 1924 y fue gracias a eso que entró a trabajar en Hollywood. Todo se lo debía a su veta militar y bailarina, le salía bien el tango; mejor que a Valentino. Y así, bailando sedujo a la señorita Gladys, que no tenía más que acatar las decisiones de esos dos combatientes. Su juventud ayudaba; su alegría también.

Cuando en México, enamorados, iban al Castillo de Chapultepec, jugaban a ser Maximiliano y Carlota: corrían de un lado a otro del corredor que permitía ver el bosque y la avenida Reforma a lo lejos, Gladys entusiasmada le decía «mi emperador» y el Indio lisonjero la chuleaba y le quería levantar aquellas faldas largas y amponas que los dos imaginaban. «Vámonos a tu cama de latón, Carlota». «Tienes que gobernar, Maxi», contestaba ella. Se reían mucho con las ocurrencias del Indio, que ella festejaba divertida, pero también padecía sus maneras de corregirla.

—¿Quieres salir en el cine, sí o no? Pues deja de comer tantas tortillas.

Gladys estaba encantada con la comida en casa del Indio, los braseros donde siempre hervían frijoles, los guisos de chiles rellenos, flores de calabaza, pipianes y almendrados que nunca había probado. Frente a su marido fingía abandonar las tortillas, pero a media mañana se escabullía a la cocina y mientras platicaba con las criadas se comía dos o tres tacos del guiso del día. Le gustaba ver a los patos en el estanque, aunque sintiera cierta nostalgia por el mar azul de su isla.

—No ves que estoy embarazada, Emilio.

—¿Y qué?, ya con la barriga de niño tienes bastante.

Gladys tenía que cuidarse y vigilar su embarazo, y aunque el Indio la dejaba a veces llorosa, luego irrumpía en casa con tantas flores que no había florero ni cubeta que aguantara todas aquellas azucenas y nardos; la casa olía delicioso, pero el embarazo le volvía atosigante ese perfume natural. Deben haber sido esos malestares o que no estaba en los escenarios porque de pronto, en las cenas que daban en casa, junto con Gabriel Figueroa, Pedro Armendáriz, Diego Rivera, Lupe Marín y María Izquierdo, aparecía Dolores del Río y Gladys se encelaba.

—¿Tú sabes lo que significa que Dolores acepte actuar en una película mía?

Gladys nada más le daba la espalda cuando subían a la recámara después de esas comilonas.

—No me desaires, chiquilla, que eso es una grosería, ¿acaso comprendes que alguien de la nada tenga la oportunidad de dirigir, como a mí me tocó, *La isla de la pasión?* Si no fuera por eso no te hubiera conocido; ese 1941 me hizo director y a ti mi esposa. Y si pones esas carotas, no habrá manera de que logre que Dolores haga de mexicana de pueblo.

Gladys admiraba la elegancia de Dolores del Río, le parecía tan inalcanzable que su corazón latía brioso, a punto de desenjaularse; trataba de creerle al Indio y de ser cortés con la señora, pero su entraña le decía otra cosa. Por eso cuando Emilio llegó muy de mañana aquel día, sin haber dormido en casa, la encontró sentada en el recibidor, con las ojeras hasta el piso y el pelo descompuesto; esparcidos por el piso de barro estaban los barrotes de carrizo de aquella jaula inmensa que él le regalara. Gladys se había esmerado en alimentar a la paloma que su marido le diera como tributo de amor al comienzo de su dicha. La paloma tibia y viva era una prueba de amor. Luego supo que no era la única que recibía esos obsequios: lo mismo rebozos de seda que canastas llenas de frutas o jaulas de carrizo llegaban a las mujeres del Indio.

—Seguro a Dolores le regalaste una igual.

El Indio ignoró sus berrinches de jovencita. Venía de estar con una mujer hecha y derecha, a la que no tenía que poner a dieta ni explicarle quién era Picasso, Rivera o Revueltas. Una mujer que había cedido su ropa interior de seda a sus manos diestras, a sus lisonjas de mexicano adorador de hembras y que acabó aceptando ser su *Flor silvestre* bajo los cielos de nubes retozonas, entre las milpas y las mujeres enrebozadas de la película que filmaría Gabriel. La convenció de que Armendáriz, Figueroa y él eran los precursores de un cine que habría de colocar a México en letras de oro, que Hollywood estaba en crisis con aquella cacería de brujas que ahuyentaba a sus talentos. «Es tu tierra, Lolita. Aquí serás más grande». Los besos y las caricias fueron el argumento decisivo, las palabras y las certezas. La hizo suya esa noche, sería suya en la pantalla.

Pasó por encima de los carrizos desparramados, ignorando los destrozos de Gladys; ya se le pasaría.

De aquella jaula de carrizo huyó la paloma, más doméstica que salvaje. La alegría de Gladys también se iría tiempo después, junto con la de la pequeña Adela, hija de los dos, lejos de la Fortaleza.

LA HECHURA DEL INDIO

—Cómo te salía la barbacoa en el hoyo del jardín. Fiesta tras fiesta yo esperaba que un día apareciera Olivia de Havilland entre el papel picado y las chinampas a escala flotando en el estanque, digna, dulce, bella como en *Lo que el viento se llevó*. Por eso seguimos aquí los dos, aunque tú no lo sepas; con una esperanza que ha perdurado más allá del ajetreo en la cocina. Te pude haber corrido después de tus borracheras, Perfecto, pero te quedaste: tan perfecto no eras, aunque sí leal. No olvido que te debo mucho; entre otras cosas, el sueldo de esos años en que no te pude pagar.

Emilio abrió una nueva cajetilla y encendió el cigarro.

—Ni empieces con tu «fuma mucho, ya déjelo», cada quien está en la antesala de la muerte como puede. Qué bueno que no le hice caso a nadie cuando insistían: «Vende ese caserón, Emilio. Es mucho para ti». Te imaginas qué ofensa para mi amigo el Caco, que lo diseñó y no me cobró un peso. Dejamos de hacer cine como entonces; ya nada era como antes. Se habían acabado los tiempos de grandes cenas, cuando Cuco Sánchez o el Trío Calavera cantaban, y Columba atendía a María Félix, a Pedro Armendáriz y a Mauricio Magdaleno. Había aprendido el oficio de anfitriona. Era buena compañera, mi Columbita. ¿No crees? A ella sí la conociste.

Perfecto entrecerró los ojos. Aquel estanque estaba cada vez más lodoso, seguían deslizándose los patos que de cuando en cuando graznaban. Claro que la había conocido, era muy bella y muy dispuesta, pero quería ser actriz. Y quién no junto al señor Emilio, que hacía lucir a María Félix como nadie o volvía alguien a cualquiera. El patrón era todo un domador. Para mostrar a la Doña el trato que le daría trabajando con él, le mandó construir un camerino pintado con sus colores favoritos, de gran lujo, pero la Doña tenía lo suyo y del asombro pasó al desdén al encontrar una mancha en las cortinas de raso. Ese día el patrón llegó oliendo a ahumado y con el pelo revuelto: le había prendido fuego al camerino, nada más faltaba, le construiría otro mejor. Y la Doña aceptó trabajar con el Indio.

Perfecto tenía ganas de aliviar su añoranza en esa soledad que no le gustaba al patrón; tendría que reconocerle que sabía hacer estrellas de la nada. Eso le pasó a la señora Columba, pues cuando el Indio la conoció era hija de una tortillera y un día trabajó de extra en una película donde todos hablaban como españoles; así se lo contó ella misma cuando Perfecto apareció en la Fortaleza para pedir trabajo, lo recomendaba el jardinero, su cuñado. Tuvo suerte, lo aceptaron de inmediato y la señora Columba y él aprendían juntos las maneras del Indio: que si su cafecito de grano molido a las cinco de la mañana y los huevos con chorizo para el almuerzo, que si estaba escribiendo con el señor Magdaleno no lo molestaran, que si quería juerga se hiciera, que la cocina se diera abasto con el mole de guajolote recién matado. Aquel primer recuerdo de la señora Columba estaba muy fresco, no parecía que casi hubieran pasado cuarenta años. La última vez la vio en el velorio de la niña Jacaranda, la niña que el Indio no quería que viniera al mundo pero que luego quiso y protegió, y se dolió solito en la cárcel de Torreón cuando supo que había muerto: un accidente sospechoso, una fiesta en el tercer piso del departamento donde vivía recién divorciada. Una desgracia.

—Cuánta desgracia —dijo Perfecto inevitablemente.

—Más alegría que desgracia, si no, tú y yo no estaríamos platicando en esta misma casa de la calle Dulce Olivia.

Perfecto sabía que fue la señora Columba quien rompió en pedacitos el retrato de aquella actriz de Hollywood, de aquella señora que su patrón no conoció en persona pero que adoraba en el cine. Fue un día de pelea, un absurdo, después de una fiesta y mucha bebida; cuando el Indio se dedicó a alabar a una de las invitadas, la señora no supo con quién desquitarse y agarró a la mustia del retrato. No le creyó a Perfecto, quien le aseguró que era una foto comprada, alguien la había traído de Hollywood para el señor Emilio. A la patrona no le gustó que el Indio la quisiera para la película *La perla*; tan empeñado estaba en conseguir la aceptación de Olivia de Havilland, que Columba supuso un amorío en el pasado. La empezó a odiar. Ella era la que quería estar allí, pero el Indio era quien decidía; que no creyera que porque había salido de extra en *Pepita Jiménez* podía ser estelar en el siguiente proyecto. Él le explicaba que *La perla* era una adaptación de un reconocido escritor estadounidense con el que iban a trabajar, John Steinbeck, que había dinero de Hollywood también y convenía una actriz del otro lado. Claro que por más enojos de la señora Columba, el Indio no cejó en mandarle la propuesta a la actriz. Olivia no contestó. El Indio esperó, sabía que ella tenía muchas ofertas de trabajo, pero él ya era un director premiado, había filmado *María Candelaria, Las abandonadas, Soy puro mexicano* y *Flor silvestre.*

TÚ SOLO TÚ

Columba se asombró cuando lo tuvo desnudo a su lado; el Indio era muy atrevido y ella, cohibida, mujer de nadie hasta entonces.

«Estás en la cama con el mismito Óscar, esa estatua con que premian a los actores en Hollywood». Columba se dejó engatusar por las historias que contaba su marido, porque eran reales y porque ella solo tenía relatos de su pueblo y ambiciones de salir de pobre y ser alguien. Se entregó a él, que no tenía que presumirle que posó para que lo esculpieran para ese premio: Emilio era su premio. El Indio le llevaba ese mundo glamoroso a su cama mientras explicaba: «Dolores convenció a su esposo Cedric Gibbons, que además de ser productor sabía dibujar, de que yo podía posar para la estatuilla. Me puso una espada y quiso que fuera griego, me quitó los ojos y el bigote y sobre un mantel del hotel Biltmore me dibujó. Para que veas», luego hacía la figurita de la escultura y Columba se reía. Le gustaba que fuera su hacedor. Lo que le costó trabajo fue la paciencia: insistía en ser ella quien protagonizara *La perla* a falta de respuesta de la actriz estadounidense, pero para su despecho él escogió a María Elena Marqués.

«Eres hermosísima, pero no estás hecha», le decía el Indio, que la puliría lentamente hasta volverla estelar en *Pueblerina.*

Perfecto sirvió más limonada en los vasos de vidrio soplado. Y aunque sabía que ya era hora de ver si la comida estaba lista, se dejó envolver por el humo de recuerdos del patrón, la casa los había guardado demasiado tiempo sin que los compartieran como dos viejos camaradas.

—¿Te acuerdas de cuando Columba desplumó mis gallos para la cena?

Perfecto recordó que el patrón llegó con invitados inesperadamente y que quería mole de guajolote, pero no había guajolote y la señora no iba a negarle el placer del festejo.

—Pensé que usted la iba a desplumar a ella.

—Yo todo lo he hecho por las mujeres, he escrito para ellas, para que se luzcan, para que sean el centro; hasta dejé que Columba y Dolores rivalizaran en *La malquerida,* y como era de entraña les salió muy bien. Columbita me quería.

Perfecto se guardó el mal día en que la señora Columba regresó de Italia donde la contrataron para una película y nada más llegando se escucharon gritos durante la comida: que se fuera de casa la señora, estaba embarazada y el señor Emilio no quería más hijos; ya tenía a Adela. No era bueno viviendo con niños, a él las muchachitas le gustaban para desposarlas.

El Indio la fue a buscar y trajo de nuevo su belleza a la casa aunque, pensó Perfecto, el patrón ya había abierto las puertas de la jaula y de mala manera. El palomo y la paloma ya no serían los mismos.

EL SUEÑO DEL INDIO

Cuando el Indio cierra los ojos, entre el humo de las seis cajetillas acumulado en la sala de la casa, apenas percibe los trazos coloridos del cuadro de Chucho Reyes dedicado a él. Lo que ve al otro lado de esa cortina de humo es un Indio joven, renegrido, con los ojos de carbón y hambre de intensidad. Antes no tenía esos sueños, más que aquel en que su madre lo llamaba para que estuviera a su lado poco antes de morir; ese se repetía. Era la culpa de la distancia, de vivir en Estados Unidos y no en Coahuila; de usar sus pasos de baile para entrar así de ladito a los sets, como quien no quiere la cosa, como quien sabe tango, como quien tiene ese garbo que también seduce mujeres. Y en el sueño vuelve a sentir la agilidad de los pies y la culpa. *Mamá, perdóname, me quitaron el Emilio y me dieron el Indio por tu cara que no desmiente tu estirpe nómada, mis abuelos kikapús. Pero ser el Indio me dio trabajo, mamá. Te lo debo a ti. Mi padre, el coronel, me hizo guerrero. Tú me diste la posibilidad de amar a las mujeres.* El Indio estira la mano en el sueño porque está soñando desde sus ochenta años al Indio que no cumplía treinta. Y algo se le atora en la garganta, le tiene coraje y quiere pegarle porque tiene la energía de entonces; pero le queda un parpadeo de lo que fue. Y el viejo del sueño tiene amargura porque ni baila ni actúa, ni enamora ni hace cine, ni siquiera pachangas como antes. Es un sueño de duermevela porque alcanza a hacer conjeturas sobre los idos, cuando lo que mira es solo a un viejo patilludo manoteando entre el humo y a lo lejos a ese joven de cuerpo atlético y lampiño que se le acerca con su bigote espeso y lo mira de frente, y el Indio viejo siente una nostalgia casi chillona. *Recomponte, viejo, no andes con sentimentalismos.*

El viejo increpa al joven: *Cómo no, si la intuición siempre me ha llevado por delante. Te faltaron güevos. Cuando uno quiere de veras, como tú lo sabes, se la juega. Se trepa en el avión o en el camión de redilas y la va a buscar y le jura su amor. No anda de culero.*

El joven se pone gallito: *Más respeto.*

Tú qué ibas a saber de amores, si todavía no arriesgabas el corazón. Querías un amor de película, le dice el viejo. *Querías una mujer de celuloide. Por eso Olivia, pinche Indio. Una señorona de Hollywood, que te gustaba como comparsa de Errol Flynn y hasta rabia te daba verla junto a él, que te acabó de robar el corazón como Melanie porque era dulce, porque era una mujer de altar.*

El joven le da la espalda al viejo y se sienta en una butaca. Volverá a ver una película donde actúa Olivia. El viejo le ve los hombros, el pelo espeso, y se concentra en lo que mira: Olivia con su sombrero bajo los árboles.

¿Otra vez veremos Lo que el viento se llevó*?,* se dice, le dice, lo piensa, se muerde los labios, se toca el corazón. Siente que le falta el aire, despierta con un sonido desesperado por respirar. Está sudando, y allí sigue el humo al que lentamente se incorpora buscando todavía al Indio joven, la pantalla al fondo, la foto de Olivia en el marco.

LOS PIES DESCALZOS

Perfecto le insiste en que pasen al comedor para que después duerma la siesta. Es bueno para él, es bueno para los dos, un par de viejos. Pero al señor Emilio ya no le gusta encerrarse a dormir por la tarde, ya no le gusta quedarse atrapado en el humo, por eso prefiere la terraza y ver a los patos en el estanque lodoso. Le asustan sus sueños, morirse en ellos, porque tiene un pendiente y no se va a ir así como así. La casa quedó para los suyos, también para su único varón, Emilio, como él quiso ponerle, como

Marta Muñoz quiso para quedarse con un pedacito de él. Incluso para que lo supiera Columba, que recién había dado a luz a Jacaranda.

—Ah, las mujeres, Perfecto; ¿puedes creer que alguna vez se pelearon por mí? ¿Te acuerdas que no hubo cómo ocultarle a Columba que existía otro Emilio Fernández de la misma edad que nuestra hija? Porque yo no me achico y reconozco a mi prole. Y por eso he luchado por quedarme con esta insensata propiedad con una cocina excesiva que se empolva y se gasta de desuso.

Aceptó que Perfecto lo condujera al comedor y se sentó frente a sus enmoladas. Que se cuidara, había dicho el doctor, ya no tenía el mismo estómago, pero él sabía que la vida era una nada más.

—¿Dónde está la cebolla cruda? —demandó a Perfecto que retomaba su papel de criado—. ¿Y los frijoles?

Perfecto ya no le discutía; sabía que era inútil privar al señor Emilio de los goces del paladar y la música; esos y las visitas de sus hijos era todo lo que le quedaba.

El Indio comió su plato despacio, lo pasó con agua de jamaica y los pensamientos se le fueron al último resquicio de felicidad amorosa: a Gloria Cabiedes. Era una mujer con una educación esmerada y compartían la mesa con el mismo gozo que el cine. Ella le hablaba del documental que estaba filmando mientras en la cocina decidía qué platón se ofrecía primero a los comensales, que si tortitas de colorín, quesadillas de flor de calabaza o chiles rellenos de plátano; cuando había reuniones sabía cómo atender a los invitados. Gloria no era su hechura sino de su propia madre, pero no pudo agradecer a su suegra los afanes, porque ella les estropeó la vida.

La Gloria eres tú. No cualquiera tenía una canción a la

medida. El Indio jugaba con eso: era la Gloria, y entre los dos decidieron el nombre de flor para la hija. Otra flor pero náhuatl: Xóchitl, su Xóchitl, que la mamá se llevó lejos. Este reinado de mujeres, que cuando madres traicionan a su amado y dejan de ser sus señoras. Así pasó él a plato de segunda.

—Que me traigan el postre, Perfecto.

El arroz con leche con sus esquirlas de cáscara de naranja y sus varas de canela olorosa y evocadora. Fue Gloria la que elevó aquel dulce a platillo de gala, lo sabía colocar en los platones y hacer lucir con bugambilias en el bajo plato; entre la blancura nacarada del postre y el fucsia de los pétalos no había quien resistiera la invitación a comerlo. Era un cuadro.

—¿Qué no hay otro postre? —protestó el Indio protegiéndose del recuerdo.

De la cocina no salía ningún ruido. Una de las muchachas recogía el plato sucio y aparecía con una bandeja de alegrías y obleas para que acompañara el café. El Indio perdía la mirada en su andar silencioso. Iba descalza como él lo obligaba, como a él le gustaba aunque protestaran sus mujeres diciendo que qué asco, que debían calzarse pues pisaban lo que caía en la cocina, pero el Indio sabía que para ir al comedor se lavaban los pies en la palangana del patio y cumplían con esa presencia sumisa, recatada, virtuosa, que tanto persiguiera en las mujeres. Evocaba siempre el andar de reina de María Félix cuando filmaron en Pátzcuaro; ninguna la podía alcanzar. La joven de la cocina llevaba la blusa de San Antonino, blanca y bordada en amarillo. Solo en ellas logró que vistieran con los bordados mexicanos que tanto admiraba: con Gloria no pudo, pero Columba, ay, cómo la extrañaba, lucía esos huipiles y quechquémels con un porte glorioso y —como él pedía— se quitaba los lentes que tanto la afeaban para andar por la casa, aunque se tropezara con los muebles. Cuando un día entre trajines se le ocurrió decirle a Gloria que se quedara quietecita en una esquina como pieza de arte, como la Venus de Milo tan bella en su inmovilidad, su mujer se rio, igual que su suegra que había obligado la boda: «Ahora le cumples a mi hija». Sabía de la fama del Indio y se presentó con gente armada para obligarlo. Gloria se hizo chiquita, se volvió la Gloria de su madre y el matrimonio valió para puro sorbete; a él no lo obligaban y menos retaban su virilidad. Claro que se casaría, porque era hombre cabal, pero si las cosas eran a la fuerza, su ternura no iba a permanecer por decreto. Se volvió hosco y hostil. No duraron casados.

—Ah que la suegra Cabiedes, ¿qué no sabía que cuando escuché a alguien toser mientras filmaba en Chapultepec, saqué la pistola y de un tiro callé al intruso? —espetó el Indio entre cucharadas de postre.

Perfecto nada más alzó las cejas, porque llevaba memoria de cada encarcelamiento del patrón: cuando la señora Dolores pagó la fianza para que lo dejaran libre por aquel exabrupto en la filmación y cuando lo entambaron en Torreón por matar a un campesino. No opinó; sabía, como las indias en la cocina, estarse en silencio cuando era prudente.

El señor Emilio se acabó su café sumido en quién sabe qué vericuetos de sus amoríos, de sus esposas que entraban alegres y salían devastadas aventando las enaguas y bordados que el Indio quería que usaran, cortándose el pelo que a él le gustaba largo y espeso sobre los hombros, pintándose la boca para que viera cuán putas eran.

—Ahora sí, Perfecto, nada de siesta. Vámonos a caminar por Dulce Olivia.

A los dos les costaba andar, pero salieron de la Fortaleza en la esquina de Zaragoza y escogieron la acera arbolada de la calle que bautizara el Indio.

—Fueron tan imbéciles en el ayuntamiento que escribieron «Dulce Oliva». Se comieron la «i», como si una mujer y una aceituna fueran lo mismo; menos mal que ella no pudo ver ese error —se quejó de nuevo Emilio.

Olivia de Havilland había sido esa mujer anhelada, la virtuosa e inalcanzable. Al Indio Fernández le gustaba la ternura que encarnaba en sus personajes, esa fragilidad que invitaba a cobijarla, pero también ese talante de guerrera con el que peleara en Hollywood a favor de los derechos de los actores. ¿Cómo no iban a poder rechazar un guión en el que no querían participar? ¿Por qué no iban a poder decidir? Consiguió lo que se propuso no solo para beneficio de ella sino de todos. En aquel tiempo, el Indio supuso que por atender esa batalla contra la Warner desestimó su petición de aparecer en *La perla* al lado de Armendáriz. Ninguno se imaginaba que Steinbeck, el autor de la novela, sería Premio Nobel, aunque al Indio la intuición casi nunca le fallaba.

Se hizo amigo de Marcus cuando lo conoció en Churubusco; ayudaba a armar guiones dada su experiencia en Hollywood. Mauricio Magdaleno y él apreciaban sus consejos y sus lecciones. Había venido huyendo de las listas negras del macartismo, como muchos; consiguió trabajo en los estudios pues fluía el dinero para el cine mexicano, que apoyaba Miguel Alemán. Se reunían a comer en el Regis. Entre los dos hacían remembranzas de los días del Indio en Los Ángeles: Marcus le envidiaba su habilidad como bailarín entonces, el Indio su capacidad para escribir guiones; le insistía en que con la que quería bailar era con Olivia de Havilland. «Me gusta su belleza discreta, su cara de mujer dulce. Sus ojos grandes y fuertes. La quiero cobijar con mis brazos». Marcus se reía de sus locuras. Emilio le contó que la quiso como actriz en *La perla*.

Cuando Marcus avisó que regresaba a Estados Unidos pues le ofrecían algo que le interesaba, que la cacería de brujas había terminado y al fin y al cabo él era de allá como el Indio de acá, Emilio le encargó entregar el rebozo: un rebozo con una carta para la bella. Se despidieron en Churubusco.

«Ya verás cómo acercarte a ella. Pero le hablas de mí, Marcus, y le hablas bien. Cuéntale que fui revolucionario desde los doce años; que bailo, escribo y dirijo, y que sé alegrar a las mujeres. Entrégaselo y luego me cuentas cómo responde».

Eligieron la banqueta izquierda para no tener que cruzar Escondida y Melchor Ocampo; evitaban tropezarse con las irregularidades que las raíces de los árboles infligían al cemento. Emilio andaba melancólico, la calle Dulce Olivia así lo ponía.

—¿Has leído el *Quijote*, Perfecto? ¿Sabes quién es Dulcinea?

Como el Quijote, que dio una carta a Sancho para Dulcinea donde decía cuánto la amaba y admiraba su hermosura y virtudes, el Indio hizo un encargo similar a Marcus Goodrich: que buscara a Olivia en Hollywood. Sancho tendría que ir a la venta y entregarla en mano de la adorada. Antes de que partiera, el Quijote hizo una serie de acrobacias físicas en lo alto de la montaña para que su escudero pudiera dar cuenta del tamaño de su amor. «Dile que estoy loco por ella. Esta es la prueba». Así, el Indio le dijo a Marcus que entregara en manos de Olivia de Havilland aquel rebozo y que le dijera que un mexicano estaba loco por ella, que había comprado una casa en Coyoacán y que peleó por el nombre de una calle, una calle para ella: Dulce Olivia.

—Resultó que Sancho extravió la carta para Dulcinea y quién sabe qué sandeces le fue a decir a la del Toboso —explicó a Perfecto—. Yo le pedí a Marcus Goodrich que entregara el rebozo y la carta, y esperé en vano alguna señal de mi mensajero; mandé un telegrama y quise localizar su teléfono, luego mandé una carta que me devolvieron. Lo supe por los periódicos, mientras desayunaba: Olivia de Havilland se casaba. *¿Por qué no?*, pensé cuando leí el titular, ni modo que una hermosura como ella se quede sin marido. Pero el café salió volando y me puse gris cuando supe que el afortunado era Marcus Goodrich. Leí de nuevo: Marcus Goodrich. El mensajero, pinche Marcus.

Perfecto lo vio azorado: entre ires y venires de señoras e hijos, películas, figuras del cine y de la música, el señor Emilio nunca había hecho esta revelación; estaba descompuesto. Se fatigaba al llegar al cruce de Pino, pero no quería volver atrás sin recorrer toda la calle. Siguieron adelante, Perfecto sin saber cómo actuar ante la rabia que brotaba de su patrón como un antiguo dolor.

—Lo hubiera ahorcado con el rebozo. Lo peor es que reconocía que era buen tipo. No quise imaginar cómo se habían conocido, mirado; el momento en que los dos se rieron entre martinis porque el Indio mandó un rebozo. Qué ingenuo el Indio. «El Indio enamorado de usted, Olivia; con razón, Olivia, lo comprendo». Y al cabo de besos y arrumacos, «Cásese conmigo». Y el rebozo para limpiar las mesas y la canallada del mensajero, del destino.

Perfecto sabía que no había consuelo. ¿Qué le iba a decir al patrón? Dos viejos remembrando lo ido.

—Eso en el mejor de los casos, porque creo que Marcus no fue capaz de decirle que un mexicano patilludo y bigotón que no solo la quiso para sus películas, sino que la adoró como mujer bellísima y respetable, le había dado una calle; una calle de Coyoacán.

—Eso hubiera cambiado todo, señor Emilio.

Los dos se recargaron en el muro de la esquina, allí donde entre las bugambilias se distinguía el nombre de la calle. El Indio alzó la mano para apartar el enramado.

—De Marcus no he querido saber nada, lo que menos le he perdonado es que se divorciara de la bella seis años después. Olivia vive en París; enviudó de su segundo marido y está sola. ¿Tú crees que alguien puede resistirse al amor cuando una calle lleva su nombre?

—Nadie —le aseguró Perfecto.

Mientras tomaban rumbo a la casa, de nuevo ordenó, despejando aquel pendiente:

—Que me empaquen mañana uno de los letreros, Perfecto. Se lo haremos llegar a mi Dulce Olivia. No más mensajeros.

LOS ROSTROS DE LA PASIÓN

Jorge Pasquel (en primer plano) y el legendario Babe Ruth en la exhibición de bateo de este último, en el Parque Delta en mayo de 1946.

Miroslava Stern generó un escándalo al no poder entrar a España, acusada de ser espía comunista.

Miguel Alemán Valdés, también conocido como *Mister* Amigo, fue secretario de Gobernación de 1940 a 1945.

Hilda Krüeger (extrema derecha) con Fita Benkhoff y Ewald von Demandowsky en Berlín años antes de su viaje a México.

En 1939 Frida Kahlo viajó a París para participar en una exposición colectiva dedicada a México y organizada por André Breton.

La fotografía a color distinguía el trabajo de Nickolas Muray, por ello era el fotógrafo preferido de *Harper's Bazaar*.

En 1945, Conchita Martínez interpretó a la gitana Trini en la película *La morena de mi copla*, del director Fernando A. Rivero.

Lorenzo Garza Arrambide
en traje de luces.

Maximino Ávila Camacho, el
hermano incómodo del presidente.

La actriz Lupe Vélez hablaba un inglés tan bueno como su español, eso le permitió actuar en Los Ángeles como en Nueva York.

Johnny Weissmuller y Lupe Vélez se casaron en 1933.

Gary Cooper filmó junto a Lupe Vélez *La canción del lobo.*

Arturo de Córdoba actuó en *La Zandunga* al lado de Lupe Vélez, bajo la dirección de Fernando de Fuentes.

Manuel Rodríguez Lozano se rindió frente a la devoción y el amor de Abraham Ángel. Muy lejos quedaban los años de su fallido matrimonio con Carmen Mondragón, la célebre Nahui Ollin.

José Vasconcelos y Enrique Gómez Carrillo, que sería el segundo esposo de Consuelo Suncín, enfrentaron sus celos retándose a un duelo de espadas.

FONDO CASASOLA, SINAFO/CONACULTA/INAH/MEX

BIBLIOTECA DEL CONGRESO, WASHINGTON

Consuelo Suncín, la Rosa de *El Principito*, murió como viuda de Antoine de Saint-Exupéry.

Emilio «el Indio» Fernández, actor y director, bautizó una calle en Coyoacán como *Dulce Olivia*.

Olivia de Havilland en un fotograma de *Lo que el viento se llevó*.

Explicación no pedida

Los relatos aquí reunidos podrían llamarse ficción documental: es decir, proponen situaciones posibles basadas en información obtenida de diversas fuentes: libros, periódicos, revistas, conversaciones, Internet. Recrean relaciones pasionales que se dieron en la clandestinidad, en paralelo con la relación «oficial» o en el imaginario de quienes supusieron ciertos romances entre personajes públicos.

Estas ocho historias componen un retablo que abarca desde la década de los veinte a los sesenta. En ellas figuran políticos, actrices, toreros, cantaoras, directores de cine, beisbolistas y pintores del México que emergía de la Revolución, el que buscaba su identidad cultural con Vasconcelos, el que se modernizaba con Miguel Alemán, *Mister* Amigo. Inevitablemente estas historias privadas se cruzan y tienen puntos de contacto en un país que todavía se miraba en blanco y negro, a tono con los noticieros que antecedían las películas; sin que sea su intención, componen un retrato de un México que se fue.

Algunos de los personajes participaron en la Revolución, como es el caso de Emilio Fernández con De la Huerta, o el padre de Miguel Alemán, fusilado, el de Lupe Vélez, militar, o el general Mondragón, al mando en la Ciudadela en el golpe contra Madero. O de manera más directa y en diversos momentos: Vasconcelos con Madero, contra Carranza, con Obregón. Vasconcelos es el primer artífice de una política pública de educación artística, bajo cuyo manto se congregarán pintores que aceptan o rechazan pintar murales como Manuel Rodríguez Lozano, que casi veinte años después del romance que aquí se cuenta con el joven Abraham Ángel, será muy querido por Antonieta Rivas Mercado. Como sabemos, ella finalmente se suicidará en Notre Dame en París antes de encontrarse con Vasconcelos, cuya relación con la salvadoreña Consuelo Suncín le produjo breves gozos porque será Gómez Carrillo quien se case con ella en la misma ciudad. Saint-Exupéry, el autor de *El Principito*, la hará su esposa al enviudar y la dejará viuda por tercera vez después de un accidente aéreo en las costas de Marsella.

El cine jugará un papel fundamental porque una checa, Miroslava Stern, y la alemana Hilda Krüger destacarán en cintas mexicanas mientras una mexicana, Lupe Vélez, tendrá gran éxito en Hollywood y Broadway, y un director que empezó como extra en Hollywood, el Indio Fernández, hará de Olivia de Havilland su musa inalcanzable. El ruedo taurino será asunto del controvertido Maximino Ávila Camacho y el beisbol de un empresario como Jorge Pasquel. Miroslava Stern se enamorará del afamado torero español Luis Miguel Dominguín y Conchita Martínez será el amor de Lorenzo Garza, *el Ave de las Tempestades*. Miguel Alemán habrá de poner departamento a su amante, la actriz alemana, quien se sospechaba era espía; y María Félix, estelar bajo la dirección del Indio Fernández, hará ruido en su vida y la de su amigo veracruzano, Jorge Pasquel. Miguel Alemán será también quien apoye la época dorada del cine mexicano. El guionista Marcus Goodrich llegará de Hollywood a los Estudios Churubusco para compartir sus habilidades como guionista, participar en películas como *Los Dorados de Villa* y regresar para casarse con una de las leyendas de Hollywood, la musa del Indio Fernández, Olivia de Havilland.

Las grandes pasiones o las soledades abismales invitan a suicidios como el de Lupe Vélez, amante de Gary Cooper, esposa de Johnny Weissmuller, Tarzán, y amante de Arturo de Córdova, entre otros. El pintor Abraham Ángel, que vivía con Manuel Rodríguez Lozano en una ciudad que censuraba la homosexualidad, morirá misteriosamente a los veinte años.

Nick Muray, fotógrafo y amante de Frida Kahlo, fue también un esgrimista notable, seguramente por su herencia húngara; y Vasconcelos tuvo que tomar clases de esgrima para retarse a duelo con Gómez Carrillo. Algunas de las fotografías más notables de Frida Kahlo son las que Muray le tomó durante sus meses en Nueva York, lejos de Diego, cerca de ella. La Guerra Civil española obligará al exilio a cantaoras como Conchita Martínez, que con Maximino Ávila Camacho tendrá una hija, Pastora, seguramente bautizada así por Pastora Imperio; pasiones, taurina y española, que ambos compartían.

Los escenarios de estas historias son principalmente la Ciudad de México; Beverly Hills, en California; Nueva York, París, Acapulco, Cuernavaca. Como huellas de esa realidad permanecen las fotos de Nickolas Muray sobre Frida, o Frida y Diego; las películas donde actuaron Lupe Vélez, Hilda Krüger y Miroslava Stern, y las que dirigió el Indio Fernández; los cuadros de Abraham Ángel, Manuel Rodríguez Lozano y Frida Kahlo, y el nombre de una calle en Coyoacán. Algunas casas y departamentos; otros ya no existen.

Ires y venires en un México donde los personajes vivieron las contradicciones amorosas a las que sus intensidades y fragilidades los llevaron. *La casa chica* no es solo la realidad paralela de una vida amorosa que en muchos casos llegó a ser una familia duplicada para quienes tenían la posibilidad de costearla, es también una metáfora acerca de la ambigüedad de las relaciones amorosas.

En todo caso, cuando de pasiones se trata, nadie está a salvo de la posibilidad de una casa chica.

Agradecimientos

A Angélica Vázquez del Mercado por su complicidad en la búsqueda de información; a Miguel Ángel Lavín por compartir el tiempo en que coincidió con algunos personajes de estas historias; a Esther Echeverría que sabe de pintores; a Manuel Rodríguez Rábago que sabe de toros; a Pedro Lavín por las expresiones salvadoreñas; a Jorge Prior por su lectura y comentarios. A Angelines Gómez Murillo y María Elena Ávalos por los espacios generosos para la revisión del texto en Madrid y Sevilla, respectivamente.

ÍNDICE

4/16 ⑤

12 | 16 ⑤ 4 | 16